नगर ढिंढोरा

नगर ढिंढोरा

वंदना जोशी

प्रलेक प्रकाशन प्राइवेट लिमिटेड
*in association with JVP Publication Pvt Ltd

ISBN : 978-93-90500-53-6

पहला सजिल्द संस्करण : मार्च 2021

प्रकाशक :

प्रलेक प्रकाशन प्राइवेट लिमिटेड
PRALEK PRAKASHAN PVT. LTD.

वितरक :

जेवीपी पब्लिकेशन प्राइवेट लिमिटेड
JVP PUBLICATION PVT. LTD.
602, आई-3, ग्लोबल सिटी
विरार (वेस्ट), मुंबई, महाराष्ट्र-401303
दूरभाष : 9833402902 / 7021263557
Email : pralek.prakashan@gmail.com
Website : www.pralekprakashan.com

नगर ढिंढोरा : वंदना जोशी
Nagar Dhindhora : (Stories) by Vandana Joshi

आवरण : वंदना जोशी

पुस्तक सज्जा : जेवीपी पब्लिकेशन प्रा. लि.

सुनित, शिवांगी और शिवम के लिये

भूमिका

माली अक्सर छोटे पौधों के पहले-पहल उगते बौरों को चुन कर फेंक देता है। वह इंतजार करता है पौधों के परिपक्व होने का, ताकी उत्तम गुणवत्ता वाले फल प्राप्त हो सकें।

मुझे उन पहली बार फलते, छोटे मासूम फलों से हमेशा हमदर्दी रही। इसलिए अपनी लेखन यात्रा के आरंभिक वर्षों की, खुद को 'समझदार' समझने वाली, कुछ मासूम शब्द रचनाएं भी इस कथा संग्रह में सम्मिलित कर रही हूं।

लिखना कैसे शुरू हुआ, बहुत साफ तो याद नहीं। 9 वर्ष की उम्र में जब पहली कविता प्रकाशित हुई, तो घर भर "कबूतरी" (कवयित्री) कहने लगा था। पर यह तो वही उम्र थी जब अमूमन हर कोई कवि होता है।

बाबूजी पत्रकार संपादक थे, तो माहौल तो था ही। आगे चल कर अपने साप्ताहिक समाचार पत्र के लिए बाबूजी की देखरेख में लेख आदि लिखने लगी। सराहना भी मिली। प्रसिद्ध साहित्यकार शैलेश मटियानी जी बाबूजी के मित्र थे। मेरा एक लेख पढ़ कर आशीर्वाद स्वरूप उन्होंने अपनी एक पुस्तक बहुत सुंदर नोट के साथ मुझे भेंट की थी।

भाषा साहित्य और कला के प्रति सुस्पष्ट झुकाव के बावजूद जब विषय चुनने का समय आया तो अपने पहले प्यार, 'भाषा साहित्य' को छोड़कर मैंने विज्ञान के साथ गठबंधन कर लिया। विज्ञान ईर्ष्यालु पति की तरह किसी और विषय का ख्याल भी मन में नहीं आने देता था। धीरे-धीरे लेखन से दूरी बढ़ती गई। परन्तु पढ़ते-पढ़ते एक और गठबंधन, यानी विवाह और फिर संसार ने 'विज्ञान' को 'गृह विज्ञान' में बदल दिया और हम बन गए 'गृह वैज्ञानिक'।

जल्द ही पुराना प्रेम ठाठें मारने लगा। यदा-कदा डायरी में छोटी-छोटी कहानियां जन्म लेती रहतीं, और वहीं दुबकी रहतीं। परिवार और मित्रों के बीच पाठ के अलावा मैंने उन्हें जनमानस तक पहुंचाने की कोई कोशिश नहीं की।

उन दिनों हम मुंबई में रहा करते थे। एक दिन एक मित्र मुझे ऑल इंडिया रेडियो के मुंबई दफ्तर तक ले गईं। मेरी कहानी सुनते ही अधिकारी ने कहा–

"खाना खा लिया है आपने?" मेरे "ना" कहने पर बोले—"नीचे कुछ खाकर

आ जाइए, आधे घंटे में आपकी रिकॉर्डिंग है।"

एक लंबे अंतराल के बाद सार्वजनिक पटल पर अपनी कहानी सुनाना, घर वापसी सा लगा।

रेडियो न होने के कारण पहली कहानी कार में बैठकर सुननी पड़ी, बाद में एक छोटा ट्रांजिस्टर खरीद लिया।

मुंबई से दिल्ली स्थानांतरित होते ही यह सिलसिला भी टूट गया।

जल्द ही कविता-कहानी से रिश्ता, और ठीक-ठाक आवाज के कारण मंच संचालन का न्योता आने लगा। इसी बहाने कुछ श्रेष्ठ रचनाकारों, कवियों और साहित्यकारों को सुनने का सौभाग्य भी मिला।

ककहरा से जुड़ना अत्यंत नाटकीय था। एक पत्रिका में जब कहानी पढ़कर लेखक श्री राज कमल जी को बधाई देने का मन हुआ तो उन्होंने गोष्ठी में शामिल होने का निमंत्रण दे दिया। जिसे किन्ही कारणों से, जिनमें संकोच भी शामिल था, मैंने दो वर्षों तक स्थगित रहने दिया। दो वर्षों पश्चात, आखिरकार, जब ककहरा से जुड़ी तो जैसे मुझे एक नया आयाम मिला। ककहरा के संस्थापक सदस्यों में से 'स्वर्गीय श्रीमती अर्चना वर्मा जी' और 'स्वर्गीय श्री अशोक गुप्ता 'जी अब हमारे बीच नहीं हैं, परंतु उनकी थाती को ककहरा के सभी सदस्यों ने संपूर्ण गरिमा से संजो कर रखा है। ककहरा की मासिक गोष्ठियां मेरे लिए किसी कार्यशाला से कम नहीं।

सुमति दी को फोन करने के लिए मुझे कभी समय नहीं देखना पड़ता। अंजलि दी अपना सब काम छोड़कर पहले मेरी बात सुनती हैं। सुभाष जी ने मुझे जीतेंद्र जी से मिलवाया। इसी तरह ककहरा के हर सदस्य से एक नातेदारी है, प्रेम है, और मैं इस प्रेम की ऋणी हूं।

इस संग्रह में कुल 11 कहानियां हैं जो अलग-अलग काल खंड में लिखी गईं हैं। अकसर स्त्री लेखन को स्त्री विमर्श, स्त्री संघर्ष या नारीवाद से जोड़ कर देखा जाता है, परन्तु मेरी कलम पाला बदल बदल कर कभी नवयुवकों, कभी बच्चों तो कभी बूढ़े-बुजुर्गों की कथा कहती है।

सामाजिक असमानता की छाया में पनपते रिश्तों की, अनजान असहजता को, धप्प!! से बेनकाब करती कहानी 'मुक्ति,' ऐसी ही है जैसे—किसी आवाज के सहसा बंद हो जाने पर हमें उस शोर का एहसास होता है। जैसे कुछ दप—दप कर सड़कता हुआ जब एकाएक शांत हो जाता है, तब महसूस होता है कि एक दर्द था।

'नगर ढिंढोरा' टच स्क्रीन वाले समय में झीने पड़ते रिश्ते, और असल छुअन की रिक्तता को इंगित करती एक छोटी कहानी है। विषय की गंभीरता को हल्के-फुल्के अंदाज़ और साधारण भाषा से सहज ग्राह्य बनाने की कोशिश की है। यह कहानी 'हंस' में 2018 में प्रकाशित हुई। कहानी पढ़ कर मेरे पास समाज के हर तबके से अनगिनत फोन आए। अपनी वेदना, अपनी आपबीती, अपना दुःख कहने

को आतुर फोन, जिन्हें लगता था शायद मैं उनका मन समझ पाउंगी।

'आंचल की ओट से' मैंने सबसे पहले ककहरा में पढ़ी। सभी आदरणीय सदस्यों ने कहानी को भरपूर सराहा, और यहीं मुझे मेरा सबसे बड़ा पुरस्कार भी मिला। सुमति दी (सुमति सक्सेना लाल) जैसी प्रतिष्ठित साहित्यकार के ये शब्द मेरे लिए पुरस्कार भी हैं और आशीर्वाद भी। उन्होंने कहा—"वंदना आज मुझे तुमसे प्रोफेशनल जैलेसी हो रही है, काश यह कहानी मैंने लिखी होती।" कितने लोग होते हैं जो ऐसी निस्वार्थ, उन्मुक्त प्रशंसा कर पाते हैं। बलराम जी ने 'समकालीन भारतीय साहित्य' पत्रिका में इस कहानी को स्थान दिया।

'अर्जियां' कहानी एक पुरुष के दृष्टिकोण से लिखी कथा है। बेहद सामान्य, रोजमर्रा की घटनाओं से बुनी कहानी। पुरुष होने का अतिरिक्त भार और छिपी टीस। इस कहानी की लम्बाई देखते हुए इसका किसी पत्रिका में एकमुश्त प्रकाशित होना कठिन था। मैं 'नई धारा' पत्रिका के सम्पादक श्री शिवनारायण जी की आभारी हूं जिन्होने इस लम्बी कहानी को स्थान दिया।

इस संग्रह में कुछ कहानियां हैं, जैसे—'बदलता शब्दकोश'। रोजमर्रा का जीवन, सुनेसुने से संवाद और बोलचाल की भाषा, जो कि मेरी शैली है, में पाठक यदि कुछ दबा अनकहा महसूस कर पाएं तो यही मेरी उपलब्धि होगी। आजकल पत्रिका के मार्च के अंक में संपादक राकेश रेणु जी ने 'बदलता शब्दकोश' को स्थान दिया उनका हार्दिक आभार।

इस किताब को मूर्त रूप देने में मेरे परिवार का भरपूर परिश्रम और उत्साह निहित है। कभी-कभी लगता है मेरे दोनो बच्चे—शिवांगी और शिवम् मेरी देखरेख में नहीं, मैं उनकी देखरेख में हूं।

मैं धन्यवाद देना चाहती हूं प्रलेक प्रकाशन के मुख्य कार्यकारी अधिकारी श्री जीतेन्द्र पात्रो जी का जिन्होंने संग्रह के लिए मुझे पर्याप्त समय दिया और बहुत धैर्य से इस यात्रा में साथ भी दिया।

मेरा पहला प्रयास सुधी पाठकों के दिलों में थोड़ी सी जगह पा सकेगा, इस उम्मीद के साथ यह संग्रह आप सबके अवलोकनार्थ।

वंदना जोशी

अनुक्रम

बदलता शब्दकोश

"रसिक बलमा दिल क्यों लगाया तोसे दिल क्यों लगाया।"

यह गीत उषा बहुत अच्छा गाती थी। उसे जानने वाले उससे इस गाने की फरमाइश ज़रूर करते। और जो पहली बार सुनता, मंत्रमुग्ध रह जाता। आज भी उसने अपनी सधी हुई आवाज़ में यह गाना बेहतरीन निभाया। गाना खत्म होते ही हाल में गूंजती तालियों की गड़गड़ाहट इसका सबूत थी। रिटायरमेंट पार्टी की ऑफिशियल गैदरिंग थी, सभी अधिकारी अपनी पत्नी या पतियों के साथ मौजूद थे। उषा को भी अपनी इच्छा के विरुद्ध ऐसी सभाओं में सुहास के साथ हाजिरी लगानी ही पड़ती थी।

"यू कांट अवॉइड उषा! तुम्हें पता है ना मिसेज़ नागपाल पूछेंगी तुम्हारे बारे में, आई कांट रिस्क नागपाल्स रॉथ।" साला सामने तो कुछ नहीं बोलेगा लेकिन ऑफिस में ऐंठा रहेगा। बहुत स्वैल्ड अप ईगो है साले का। वह आया है तो सबको आना ही पड़ेगा। तुम गाना सोच कर रखो।"

उषा की अरुचि देख सुहास झल्ला पड़ा था।

"सुहास मेरा सेकंड डे है"

उषा ने सुहास को अपनी शारीरिक तकलीफों का हवाला दिया।

"यार प्लीज! तुम औरतों को कुछ नहीं सूझता तो तुम पीरियड्स का रोना लेकर बैठ जाती हो। मुझे पता है तुम्हें ऐसी पार्टियां पसंद नहीं है, मुझे भी पसंद नहीं है। लेकिन कुछ चीजें करनी पड़ती हैं। तुम लोग तो घर में बैठकर मुफ्त में ऐश कर रहे हो, दिन भर ऑफिस में तो मुझे खटना पड़ता है। वो साला नागपाल मेरी खटिया खड़ी करेगा लेकिन तुम्हें क्या फर्क पड़ता है कभी ऑफिस गई होती तो पता चलता कितनी पॉलिटिक्स होती है। तुम्हें तो घर बैठे-बैठे सब कुछ चाहिए।"

झल्लाहट में सुहास की ज़बान की कड़वाहट बढ़ती जा रही थी। उषा को पता था, कि अगर बात बढ़ती है, तो वह क्या-क्या कहेगा। सुहास की आवाज की तल्खी उसे डरा रही थी।

"ठीक है कितने बजे निकलेंगे।"

बढ़ती बात को रोकने का उषा ने विफल प्रयास किया। क्योंकि अब तक सुहास जो दो-तीन वाक शस्त्र तरकश से निकाल चुका था, उन्हें बिना खून चटाए

वापस रखना उसके पौरुष के खिलाफ था।

"और तुम्हें करना क्या है!!"

सुहास आवेश में था।

"गाड़ी तुम्हें चलानी नहीं है, खाना तुम्हें बनाना नहीं है, बढ़िया कपड़े-गहने पहनकर लोगों के बीच मुफ्त के व्यंजन उड़ाने हैं। मेरी तरह दिन भर फाइलों में खटकर बासों की लानत मलामत सुनते हुए तुम्हारे, और तुम्हारे बच्चों के लिए पिज़्ज़ा बर्गर का इंतजाम तो नहीं करना ना!"

उषा और बच्चे जानते थे सुहास को एक मामूली सी 'ना ' हत्थे से उखाड़ सकती है इसलिए उससे संवाद की सहजता 'कंडीशनस अप्लाइ' के एक छोटे से सितारे के साथ आती थी।

"यार भाभी जी कमाल गाती हैं।"

नैपकिन के साथ पकड़े गिलासों को टकराते हुए मानव बोला।

बार के पास खड़े बाकी सहकर्मी भी सुहास को उषा के गाने के बाद बधाई दे रहे थे। कंधे पर पड़ते हाथों ने सुहास की आंखों की खुमारी बढ़ा दी। रात के 12:30 बजे पार्टी से लौटते हुए सुहास अपने सबसे अच्छे मूड में था।

"साला नागपाल चार बार आकर तारीफ कर गया तुम्हारी।"

कार के स्टीरियो में गाते किशोर कुमार के साथ सुहास स्टेयरिंग व्हील में संगत देते हुए बोला। खुश होने पर भी उसकी आवाज एक स्केल ऊपर ही होती थी।

"तुमसे क्या कह रहा था?"

सुहास ने खिड़की से बाहर झांकती उषा से पूछा।

"यही कि आप बहुत अच्छा गाती हैं, आपने कहीं सीखा है? यही सब..."

उषा का ध्यान पेट में उठती मरोड़ पर था।

"हा हा हा उसकी बीवी बस गले में हार लटका सकती है सुर नहीं निकाल सकती।"

सुहास एक हाथ जीते जुआरी की तरह झूम रहा था।

उषा ने पेट में रह रह कर उठती मरोड़ को हाथों से दबाकर शांत करना चाहा। ठंड में इन दिनों ज्यादा तकलीफ होती थी। पार्टी के बीच में चुपके से एक बार बाथरूम जाकर वह आदम कद शीशे में पीछे से खुद को चेक कर आई थी। ज्यादा देर एक ही पोजीशन में बैठकर स्पॉटिंग के साथ-साथ सोफा खराब होने का भी खतरा था। हालांकि साड़ी और हाई हील्स में पैड बदलना एक चुनौती थी, फिर भी उसे तसल्ली थी कि कोई अनचाही बात नहीं हुई।

"क्या हुआ?"

सुहास ने एक हाथ से पेट दबाती हुई उषा से पूछा।

"क्रैम्पस हो रहे हैं।"

उषा की क्षीण सी आवाज में पीड़ा थी।

"ओह! तुम्हारे पीरियड्स!"

एकाएक सुहास के चेहरे में शरारती मुस्कान छा गई

"यह तो बेस्ट टाइम है मैडम"

"कुछ भी बोलते हो तुम"

उषा जानती थी सुहास का इशारा किस तरफ था।

सुहास उषा की तरफ झुक कर बोला

"मैंने बताया था ना तुम्हें, मेरा डॉक्टर दोस्त एडी, जब वह पढ़ रहा था तब हम सब को ज्ञान दिया करता था, कि यह बेस्ट टाइम होता है, प्रेगनेंसी का खतरा ना के बराबर। जरा टेस्ट डेवलप करना पड़ता है बस"

"छी!"

आखिरी वाक्य पर उषा हमेशा बिसुर जाती।

सुहास हंसने लगा।

"तुम्हारे पेट दर्द के लिए लेते हैं ना दवा, अभी रास्ते में, और हाथ पैर के साथ-साथ तुम जहां-जहां कहोगी दबाने के लिए तो मैं हूं ही तैयार।"

एक आध ड्रिंक्स सुहास पर अच्छा ही असर करती थी। वह बेफिक्र बच्चा बन जाता। अपनी दुनिया में उड़ता, खुश, पर हठी। जो अगर खुश हो तो बस उसके साथ-साथ खुश हुआ जा सकता है।

एक दिन स्नेहा गौरव को ठसका कर बोली—

"पापा चार बियर कैंस लाए हैं।" और दोनों आंखों ही आंखों में मुसकुराने लगे। उषा को बच्चों का यह व्यवहार खिन्न कर गया।

"इसे ठगी और मौका परस्ती कहते हैं" उषा क्षोभ से बोली।

अपने इंटर और हाई स्कूल के बच्चों को सदाचार का छूट चुका पाठ पढ़ाने का यह उषा का कमजोर प्रयास भर रह गया।

"मम्मी आप तो ऐसा साउंड कर रहे हो जैसे हमने पापा को कोई नशीली दवा खिलाकर लूट लिया हो, यू नीड टू टॉक टू हिम व्हेन ही इज हैप्पी, सिंपल! आप उंगली मत करो प्लीज!"

गौरव मौके की उत्तेजना में बोला।

"उंगली मत करो!! यह कौन सी लैंग्वेज है गौरव!!"

बच्चों का शातिराना रवैया और भाषा उषा को आतंकित कर रहे थे।

"यह दोनों ही एक से हैं, एक को सेट करो तो दूसरा उखड़ जाता है, इग्नोर हर, तू जा पापा से बात कर।"

गौरव स्नेहा से मजाकिया लहजे में बोला।

उषा को पता था अगर वह इस बात पर बच्चों को टोकेगी तो वे फौरन उसे

"बेबी" और "टची" होने का खिताब दे देंगे। इतनी कम उम्र में इन्हें उंगली टेढ़ी करना आ गया था। कौन सी चीज़ पापा से मांगनी है, और कौन सी मम्मी से यह दोनों जान गए थे।

"पापा मेरा फोन एकदम कंडम है। इट हेज नो स्टोरेज। मुझे स्कूल का कितना काम करना होता है, पता है आपको!"

जब भी कोई महँगा सामान चाहिए होता स्नेहा कमरा बंद कर चुपचाप सुहास को ऑफिस में फोन लगाती थी।

"आई रियली नीड इट पापा। इट इज नॉट फालतू का खर्चा।"

सुहास के पूछने पर कि मम्मी क्या बोल रही हैं, स्नेहा अपना अचूक पैंतरा इस्तेमाल करती

"आर यू किडिंग मी पापा!! आय हैवंट टोल्ड हर। शि विल नेवर लेट मी हैव ए न्यू फोन। वह तो प्लास्टिक के खाली डिब्बे भी नहीं फैंकती हैं। शी विल नेवर लेट मी हैव ए न्यू वन, अनटिल दिस स्क्रेप स्टॉप्स वर्किंग, और इज लॉस्ट। पापा आप समझाइए ना मम्मा को।"

फोन के दूसरी तरफ प्लास्टिक के डिब्बे वाली बात पर सुहास हंस रहे थे। सुहास के भीतर पुरुष, परिष्कृत और कप्तान होने का जो बीज दबा हुआ था स्नेहा ने उसे बस जल चढ़ा दिया था।

गौरव ने स्नेहा को प्रश्न भरी नजरों से देखा स्नेहा ने दबी आवाज में कहा

"हो गया काम, मम्मी को पापा संभाल लेंगे "उसकी आवाज की पुलक से गौरव भी चिहुंक गया।

"ए यार मुझे भी चाहिए न्यू फोन"

"अभी मेरा तो आने दे, तेरे लिए भी करते हैं कुछ।"

स्नेहा कुशल खिलाड़ी की तरह मुस्करा रही थी।

"चाइनीस खाएगा?"

"खाना बन चुका है।"

गौरव पीछे रह जाने से नाखुश था।

"आई एम नॉट ईटिंग दॅट स्टूपिड भिंडी और पनीर।"

जीतने के बाद जुआरी एक दांव और खेलना चाहता है। स्नेहा सोचे समझे संवादों को दोहराती उषा के पास पहुंची, और अपने दोनों हाथ उसके गले में डाल कर बोली

"यह रोटी रात को खा लेंगे मम्मी प्लीज़, चाइनीस मंगवा लूं?"

"अरे रात को मंगवा लेना, अभी खाना बन चुका है, खाओ चुपचाप से"

उषा मानने के मूड में नहीं थी। स्नेहा ने झटके से उषा के गले से हाथ हटा लिए।

"नूडल्स के जीरो न्यूट्रीशनल वैल्यू पर पापा का लेक्चर सुनते हुए मैं नहीं

खा सकती आप रहने ही दो।"

उषा भी सुहास के खाना खाते समय टोकने की आदत से चिढ़ती थी

"यह मोमोज के अंदर कबूतर का मीट है या कव्वे का, क्या मालूम! आई सीरियसली डोंट अप्रूव स्ट्रीट फूड उषा!! क्यों नहीं रोकती हो तुम इन्हें"

एक दिन ऑफिस से आकर दोनों बच्चों को नुक्कड़ के मोमोज खाते देख सुहास बिगड़ गए। लाल चटनी में डुबकी लगाते मोमोस, और अंग्रेजी कॉमेडी शो कि नकली 'हा हा' मैं खोए दोनों बच्चों को एकाएक पापा की तेज आवाज ने चौंका दिया।

"क्या मतलब 'अभी खाने दो' क्या मैं इन्हें खाने नहीं देता? आय प्रोवाइड यू थैंकलेस पीपल विद द बेस्ट ऑफ वर्ल्डस क्विजीन। लेकिन तुम लोगों को तो रास्ते का कचरा खाने की आदत है। पानी पूरी के लिए मना किया, तो मोमोज ले आए। यू सीरियसली हेव नो क्लास उषा। इतने साल हो गए तुम्हें मेरे साथ रहते, बट यू हैवन्ट चेंज्ड। नाउ प्लीज़ डू नॉट टीच दिस—'स्मॉल टाउन, नुक्कड़ गली वाला कल्चर' टू माय किड्स।

"सुहास इतनी छोटी सी बात को तुम..."

"व्हाट छोटी सी बात!! मेरे बच्चे रास्ते का कचरा खा रहे हैं, और तुम्हें लगता है यह छोटी सी बात है?

"तुम मेरे कल्चर, मेरे पालन पोषण की बात क्यों कर रहे हो?" उषा की आवाज भी सातवें आसमान पर पहुंच चुकी थी। स्नेहा और गौरव इसी तरह का माहौल देखते बड़े हुए थे। बड़े होने पर उन्होंने जरूर खुद को बचा लेने की, और अपना काम निकाल लेने की कला सीख ली हो, लेकिन माता-पिता के ऊंचे सुर आज भी उनकी धमनियों को जमा देते थे। बचपन की सुरसुरी वैसे ही दिल की धड़कनों में रुकावट डालने लगी।

दोनों ने झट टीवी बंद कर, आधी खाई प्लेट किचन में रखी, और अपने कमरे में जाकर बंद हो गए। आज का मुद्दा क्या रूप लेगा, यह कोई नहीं जानता था। उषा के रोने और चिल्लाने के समवेत स्वर से बच्चे समझ गए थे कि बात अगले चरण में पहुंच चुकी है। चाचा और दादी के बाद अब मामा के किसी अप्रिय आचरण की चर्चा हो रही थी।

"अच्छा!! मैं तो बहुत खराब आदमी हूं ना? तो रह क्यों रही हो मेरे साथ?"

सुहास ने दरवाजा शायद ज़ोर से बंद किया था।

"निकल जाओ मेरे घर से! लीव! जस्ट लीव! अभी करता हूं अरुण को फोन। ले जाए अपनी बहन को, रहो वहीं जहां से आई हो"

इस वाक्य के बाद हमेशा सन्नाटा छा जाता था।

सुहास ज्यादातर बाहर निकल जाता, और उषा घंटों अपने बिस्तर में पड़ी रहती।

"मम्मी अतुल अंकल आए हैं"

स्नेहा ने कमरे में आकर पलंग पर औंधी पड़ी उषा से कहा। वाद विवाद के बाद सुहास को घर से निकले करीब तीन चार घंटे बीत चुके थे। उषा एकाएक आतंकित हो उठी।

"पापा?"

उसने सहसा बिस्तर से उठते हुए पूछा।

"उन्हीं के साथ आए हैं" स्नेहा ने जवाब दिया।

"पापा ने बोला, मम्मी को कहो कॉफी बना दो।"

उषा कुछ संयत हुई। हाथ मुंह धो, हूलिया ठीक कर किचन की तरफ बढ़ चली। बेडरूम से किचन, लिविंग रूम से होते हुए जाना होता था। तो पहले अतुल से मिलना टाला नहीं जा सकता था।

"नमस्ते भैया, कैसे हैं आप?" "सब ठीक भाभी, सॉरी, आपको सोते से उठा दिया। सुहास का फोन आया, तो मैंने कहा भी था, भाभी को साथ लेकर यहीं आ जा, रेखा से भी मिल लेना, पर ये यहां खींच लाया।"

उषा ने एक उड़ती सी निगाह सुहास पर डाली। यह उसका पुराना तरीक़ा था। जब भी कोई ऊंच-नीच हो जाती, स्थिति को सामान्य करने के लिए वह किसी मेहमान या रिश्तेदार को बुला लेता। जिसके सामने सब को सामान्य व्यवहार करना पड़ता। और करते-करते सब सामान्य ही हो जाता। या फिर वैसा ही हो जाता, जैसा तनाव से पहले था। हां उषा का मौन टूटने तक सुहास कुछ वाचाल जरूर हो जाता था।

"लाओ मैं ले जाता हूं"

कॉफी के प्याले रखती उषा के हाथ से ट्रे लेते हुए सुहास बोला।

उषा ने बिना कुछ बोले ट्रे सुहास को पकड़ा दी, और दो प्लेटों में नमकीन बिस्किट निकालने लगी। सुहास कॉफी रखकर फिर किचन में आ खड़ा हुआ, और प्लेटों की तरफ इशारा करते बोला—

"यह ले जाना है?"

उषा के 'हां' कहने पर दूसरी प्लेट की तरफ इशारा करते हुए बोला—

"और यह भी?"

"हां, यह भी," उषा ने भावहीन सा उत्तर दिया।

"तुम भी आ जाओ बाहर कॉफी लेकर"

सुहास ने धीरे से उषा से कहा।

उषा के पेट में हास्य गुड़गुड़ाने लगा। हिंदी साहित्य पढ़ाते हुए प्रोफेसर मार्तंड कहा करते थे—'हास्य विसंगतियों से उपजता है। यदि कोई शक्तिशाली, किसी दुर्बल से भयभीत प्रतीत हो, तो भी हास्य उपजता है'। यह शायद वैसा ही कुछ था।

यह सुहास की विनयशीलता की पराकाष्ठा थी।

"अरे बैठो यार कुछ देर और।"

सुहास अतुल की उपस्थिति से अपने घर की चिनाई कर रहा था।

"अरे नहीं यार, अभी रेखा को पता चलेगा कि मैं उसके बिना ही यहां चला आया तो वह वैसे ही नाराज हो जाएगी और तू देर कराने पर तुला है"

अतुल ने हंसते हुए कहा।

"रेखा को भी लेकर आते भैया"

उषा की औपचारिकता आज निर्वसन थी, कांतिहीन, मलिन।

"अरे इसने मौका ही कहां दिया भाभी।"

अतुल ने कुछ सकपकाया सा उत्तर दिया। खिंचे हुए तारों के सुरों को पहचानना अतुल के लिए मुश्किल नहीं था। अतुल के जाने के बाद भी सुहास मतलब-बेमतलब के प्रश्न उषा की तरफ उछलता रहा। जिनका उत्तर एक-दो शब्दों से होते-होते पूरे वाक्य में तबदील हो गया, और अगले दिन से स्थिति को सामान्य कहा जा सकता था।

सोमवार के दिन उषा को घर समेटते-समेटते दोपहर हो जाती थी। उषा की रचनात्मकता कुर्सी सोफा के कोण बदलते, दीवारों के लिए तस्वीरें छांटते, और परदों-चादरों के रंगों तक ही सीमित रह गई थी। जब-तब अतीत की याद में उषा समय की उंगली छोड़ देती।

"इट्स डिफिकल्ट टू विजुलाइज यू एज अ रेगुलर हाउसवाइफ साशा"

उसका सहपाठी पराग उसे इसी नाम से पुकारता था।

"तुम कॉलेज में कितनी ब्रिलियंट और वर्सेटाइल थीं, व्हाट मेड यू चूज सच अ मंडेन लाइफ?"

उषा के सभी दोस्तों के पास उसके लिए इसी तरह के प्रश्न थे, उपालंभ थे, शिकायतें थी, अचरज था। हर प्रश्न उसे खींचता हुआ घर की देहरी तक ले जाता।

"पापा सर पर चढ़ा रखा है आप सब ने इसे" अरुण चिल्ला रहा था।

"मेरी भी तो शादी हुई थी, इसका बड़ा भाई हूं, लड़का हूं, लेकिन कर ली ना चुपचाप अरेंज मैरिज! जहां तक पढ़ाई लिखाई का सवाल है करे, किसने रोका है? शादी के बाद नहीं पढ़ते क्या लोग? अभी ठीक ठाक दिखती है, रिश्ते खुद ब खुद आ रहे हैं। एक बार उम्र हो गई तो फिर सोचते रहना, कोई नहीं मिलेगा! मैं मिला हूं लड़के से, प्रीति जानती है उसे, प्रीति भाभी है उषा की, इस घर की बहू है, कुछ गलत होने देगी क्या इसके साथ?"

सब को जोड़े रखने की कोशिश में माता-पिता ने कल की जाती को आज ही भेज दिया था।

"वॉज़ इट सो डिफिकल्ट टू से 'नो 'साशा? आइ थॉट यू वर ब्रेव एंड ऐंबिशियस गर्ल।"

पराग के स्वर में रोष था। जैसे कि उषा जानबूझकर नाटक कर रही हो। उसे यह बात गले नहीं उतर रही थी कि कालेज के कार्यक्रमों और दोस्तों के बीच अपनी बात मनवाने के लिए घंटों बहस करने वाली उषा मूक जानवरों जैसा व्यवहार कर रही थी। उषा उकसाए जाने पर भी जवाब नहीं देती। कैसे कह दे, कि वह अब अपने ही घर में दरवाजे पर रखा हुआ, एक अनचाहा सामान भर है, जिसे गृह स्वामी जल्द से जल्द हटाकर अपना संसार व्यवस्थित करना चाहते हैं।

"पापा का फोन"

गौरव ने भीतर से जब फोन लाकर हाथ में थमाया, तब तक अतीत के कुछ कंकण उषा की आंखों में चुभ कर उन्हें लाल कर चुके थे।

"हां सुहास?"

उषा ने संशय से पूछा।

सुहास बेमतलब फोन नहीं करते थे।

"अरे किसी ने मुझे भीमसेन जोशी और एक कोई और पंडित जी की जुगलबंदी के दो पास दिए हैं, चलना है?"

अतीत के कोहरे में उलझी उषा इस अप्रत्याशित प्रस्ताव पर सहसा कोई प्रतिक्रिया ना दे पाई।

"अरे बोलो भाई चलना है या नहीं?"

उषा का शास्त्रीय संगीत प्रेम परिवार की चुटकियों के लिए प्रिय विषय था।

"आधे घंटे तक बस एक ही लाइन गाने का क्या पॉइंट है मम्मा"

गौरव ने एक दिन भीमसेन जोशी के राग शुद्ध कल्याण के खयाल में डूबी उषा से पूछा था।

"कांट दे फाइंड अ गुड लिरिसिस्ट?"

स्नेहा और सुहास गौरव की विट पर खिल खिला रहे थे।

"एग्जैक्टली माय पॉइंट।"

सुहास ने हंसते हुए कहा था।

"और जब एक ही लाइन सुनते-सुनते सब सो जाते हैं तो आऽऽऽ करते हुए डरा कर उठाते हैं"

और गौरव आऽऽ करता शास्त्री गायकों की नकल उतारने लगा।

डाइनिंग टेबल पर बैठे स्नेहा और सुहास हंसी की फुलझड़ियों से उसका मनोबल बढ़ा रहे थे।

पार्श्व में शुद्ध कल्याण को साधते पंडित भीमसेन जोशी, और उनकी भोंडी नकल करते गौरव को देख उषा एकाएक उत्तेजित हो उठी।

"बदतमीजी मत करो गौरव!"

उषा की करारी डांट सुन गौरव सकपका कर चुप हो गया।

"बहुत बड़े शास्त्रीय गायक हैं ये। वर्षों की तपस्या से साधा जाता है ऐसा सुर। खबरदार आइंदा ऐसा भोडापन किया तो"

उषा के तेवर देख स्नेहा और सुहास भी चुप हो गए। पर फौरन कमतरी का अहसास होते ही उषा से भिड़ गए

"हद है यार! बच्चों की जरा सी हंसी मजाक भी सहन नहीं होती तुम्हें?

क्या जरूरत थी गौरव को ऐसे स्नब करने की? वह क्या जानता है शास्त्रीय संगीत और उसकी रवायतों के बारे में? अपनी कुंठा से अच्छा खासा हंसी-खुशी का माहौल बिगाड़ देती हो तुम। जब भी 'यह'लगाती हो हम सब को सुनना पड़ता है। ईयर फोन लगाकर सुना करो यह सब।"

"अरे बोलो, चलना है या नहीं?"

सुन कर उषा वर्तमान में लौटी।

"लेकिन तुम्हें तो पसंद नहीं ना?"

उसने सुहास से पूछा।

"अरे झेल लेंगे आप की खातिर, चलना है तो तैयार होकर आ जाओ ऑफिस, यहीं से चलेंगे" सुहास बोला।

वापस लौटते हुए काफी रात हो चली थी। हल्की बारिश में कार की सीट से सर टिकाए उषा रास्ते में कतार बद्ध लैंप पोस्टों पर पड़ती बारिश की फुहारों को देख रही थी। जो यदा-कदा हवा के वेग से लहराती—बल खाती किसी चंचल कन्या सी, धीर गंभीर नवयुवक से लैंपोस्ट को छेड़े जा रही थी। और प्रत्युत्तर में वह बस मुसकुराता हुआ थोड़ा सा सर झुका अपने पैरों के अंगूठे से जमीन कुरेद रहा था।

पंडित जी की आवाज अब भी उषा के मन में गूंज रही थी।

"अब के सावन घर आजा"

किराना घराने की वर्षों की सींची ये ठुमरी साधकों के साथ-साथ सुनने वालों को भी भाव समाधि में पहुंचा देती है।

सुहास तो सारा समय ऑडिटोरियम के वरांडे में अपना फोन अटेंड करते रहे, लेकिन उषा कोई शिकायत न थी। यह संध्या उसकी आत्मा का भोजन थी। पार्श्व में कार चलाते सुहास को उसने प्रेम से देखा और वापस खिड़की से बाहर बरखा की अठखेलियां में भीगने लगी। एक ज़रा सा ख्याल, माथे पर एक चुंबन और एक दरख्त का तना जिस पर सर टिका वह आंखें मूंद सके, निर्भय अबोध शिशु की तरह, बस यही तो चाहिए था उसे हमेशा।

"आइंदा ऐसे वाहियात प्रोग्राम में कतई नहीं जाऊंगा।"

उषा जैसे उड़ते-उड़ते जमीन पर आ गिरी। अपने आनंद की स्थिति में उसने ध्यान ही नहीं दिया कि सुहास बेहद खराब मूड में है।

"क्या हुआ?"

उसने अचकचा कर पूछा।

"दूसरी बार जब फोन अटेंड कर अंदर आने लगा, तो सालों ने दरवाजे पर ही रोक दिया। कह रहे थे आप फोन या तो स्विच ऑफ करिए या साइलेंट मोड में डालिए। मैंने कहा कि मेरे इंपॉर्टेंट कॉल आने वाले हैं तो अंदर ही नहीं आने दिया। मैंने भी फोन ऑफ नहीं किया। इन दो कौड़ी के गाने वालों से ज्यादा जरूरी मेरे कॉल्स हैं"

सुहास लगभग चिल्ला रहा था।

"तुमने ऐसा कहा तो नहीं?"

उषा ने आतंकित होते हुए सुहास से पूछा।

"हां! कहा! यही कहा मैंने! और क्यों ना कहूं, इन कलाकारों को यदि कॉरपोरेट्स सपोर्ट ना करें तो भूखे मरेंगे सारे। फिर यह आऽऽ भी नहीं निकलेगा हलक से।" सुहास बिफरा।

"सुहास!!" उषा तड़प कर बोली अपने श्रद्धेय का तिरस्कार उसके लिए भगवान का अपमान जैसा था।

"क्या अनाप-शनाप बोल रहे हो, सोच समझकर बोलो"

"तुम चुप रहो! यह सब तुम्हारे कारण हुआ है। दुनिया से अनोखे शौक पालेंगी। आज फ्राइडे नाईट बच्चों को मूवी ले जा सकते थे, पर इन्हें तो शास्त्रीय संगीत सुनना था, अपनी ऊंची क्लास और ऊंची पसंद का दिखावा करना था!

"सुहास मैंने नहीं तुमने ही कहा था चलने के लिए मुझे तो..."

"गलती हो गई"

सुहास उषा की बात बीच में ही काटता हुआ बोला

"और यही गलती नहीं हुई, तुमसे शादी की यह भी गलती हुई मुझसे! तुम एक काम करो, अपना सामान समेटो और रहो जहां जैसे रहना चाहती हो, यह रोज-रोज के नखरे मुझसे सहन नहीं होंगे। साला कोई अंडरस्टैंडिंग ही नहीं तो साथ रहने का क्या फायदा।"

बंद कार में अब बस सुहास की आवाज थी।

उषा को बाहर गिरती बारिश नहीं दिख रही थी। उसकी आंखों की दो बूंदों ने पूरी बारिश जो सोख ली थी। भीतर के तूफान ने ठुमरी के सुरों को दबा दिया था।

'भैया सुनेंगे तो क्या कहेंगे'? उषा के जेहन में अरुण का चेहरा कौंध गया। यही कहेंगे कि तुम निभा नहीं सकतीं? अपनी भाभी को देखो वह भी तो रह रही हैं।

उषा को पता है, उसे कहीं नहीं जाना होगा। उसे कोई नहीं निकालेगा। लेकिन हर बार 'निकल जाओ' सुनकर अपने आत्मसम्मान की किरचें बटोर मुसकुराती हुई ग्रह स्वामिनी के किरदार में लौटना कितना बेमानी था, कितना खोखला, कितना मृत।

एक दिन उषा की कामवाली ने उससे कहा था—

"दीदी ये घर मिलाकर मेरे चार घर हैं"

उषा के मुंह से बरबस ही निकल पड़ा

"मेरा तो एक ही है।"

इस वाक्य में कितना व्यंग था, कितनी पीड़ा पता नहीं, हास्य तो बिल्कुल नहीं था, फिर भी दोनों ही हंस रहे थे।

संगीत संध्या वाले प्रकरण को दो दिन बीत चुके थे। कमरे की बत्ती बंद कर सुहास ने पलंग पर पीठ किए लेटी उषा को अपनी तरफ पलटाने की कोशिश की। पर रौंदे गए आत्म सम्मान में मन कहां खिलते हैं! उषा का ठंडा प्रतिरोध सुहास को कुपित कर गया।

"ऑडिटोरियम वाले बद्तमीज़ी कर रहे थे यार, गुस्सा तुम पर उतर गया, ऐसा क्या कर रही हो बच्चों की तरह?"

हां, शायद उषा बच्ची ही थी। उसे होंठों पर नहीं, गालों पर, माथे पर चुंबन चाहिए थे। उसे चाहिए था कि कोई उसे पीछे से पकड़ कर गोद में बिठा ले। जिसकी छाती से टिकी वह बादल देखे। लेकिन सुहास एक परिपक्व पुरुष था। जिसे अपनी जरूरतों का एहसास भी था, और उन्हें हासिल करने का जज़्बा भी। वह उसके बच्चों का पिता था, इस बड़े से संसार में उसके छोटे से संसार का स्तंभ।

"कौन-से पति पत्नी नहीं लड़ते"

एक दिन उषा की सहेली रचना ने उसे समझाया।

"तू नाहक एक बात दिल से लगा कर बैठ जाती है। सुहास तुझसे बहुत प्यार करते हैं। मैंने देखा है उनकी आंखों में, जब तू गाना गा रही होती है।"

उषा ने हल्का सा मुसकुरा कर सर झुका लिया था। पल भर को सुहास के साथ जिए सुखद पलों की याद ने उसका संशय हर लिया था।

सारे घर में लोग भरे हुए थे। इतने सारे लोग। बरामदे से कॉरिडोर तक। और शायद अंदर बेडरूम में भी। उषा को ठीक-ठीक पता नहीं था। वह बाहर बैठी थी, लिविंग रूम मे, फर्श पर, मां के बगल में। मां रोए जा रही थी...अनवरत। कुछ और औरतें भी थीं, आस पड़ोस की, फुसफुसातीं हुईं। भाभी स्नेहा से कुछ पूछ रही थी। स्नेहा घुटने से सर नहीं उठा रही थी। गौरव कहां है? पता नहीं। भैया बाहर की तरफ जा रहे हैं। पिताजी दरवाजे के पास कुर्सी पर बैठे हैं। उन से नीचे नहीं बैठा जाता। बाकी लोग नीचे बैठे है, कार्पेट में। सोफा-टेबल किसी ने हटा दिया है। बीच में जगह बनाकर सुहास लेटा है। उसका सर पट्टियों से बंधा हुआ है। गले तक कपड़ों में लिपटा। भैया मुंह ढकने को कह रहे हैं। उषा ने हाथ बढ़ाकर रोक दिया, और उस शून्य की ध्वनि का उद्गम खोजने लगी। कोई फुस फुसा रहा था।

"हां तीन लोग थे, सुहास जी गाड़ी चला रहे थे, साथ वाला भी नहीं बचा,

पीछे जो बैठा था उसकी हालत गंभीर है, देखो क्या होता है।"

सुहास के साथ ही भीड़ भी चली गई। शाम तक बस मां, पिताजी, भाभी, स्नेहा, गौरव और भैया थे, सुहास नहीं था। भैया किसी से फोन पर डेथ सर्टिफिकेट बनवाने की बात कर रहे थे। उषा मां की गोद में सर रखकर बस शून्य में ताके जा रही थी। वह सन्न थी। अपने बारे में, और बच्चों के भविष्य के बारे में सोचते हुए। लेकिन कहीं ज़्यादा सन्नाटे में अपने भीतर उतर कर देखते हुए थी—यह कौन है जिसके भीतर मुक्ति का, राहत भरा एहसास है?' आज बहुत सारे शब्दों ने एक साथ अपना मानी, अपना प्रभाव खो दिया था।

जैसे बारिश, लैंपोस्ट, ठुमरी, चुंबन या फिर...निकल जाओ मेरे घर से... लीव! जस्ट लीव!

नगर ढिंढोरा

बारह बजने में सिर्फ सात मिनट बाकी थे। ज़्यादातर घरों की बिजलियाँ बंद थीं। लेकिन कुछ थे, जो अब भी अपने बच्चों को मोबाइल जब्त करने की धमकी दे कर सुलाने का अथक प्रयास कर रहे थे। यही वह समय होता है जब संसार सो जाने का बहाना बना कर, अपने-अपने मोबाइलों और लैपटापों की छोटी-छोटी खिड़कियों से ताक झांक करने में व्यस्त होता है।

एलेक्ट्रोनिक उपकरणों की रोशनी ने सूरज को उसकी गौणता का एहसास दिला दिया है। अब तो अंधेरा तभी छाता है, जब मोबाइल एकाएक लो बेटरी का साइन दिखाने लगे, और चार्जर कि अनुपस्थिति में आपको झक मार कर सोना ही पड़े।

तो बारह बजने मैं अब केवल छह मिनट ही बाकी थे। एक मिनट तो आपको हाल समाचार देने में लग गया न!

देर रात भी मनोज चंगा दिख रहा था, विषय की गंभीरता आवाज़ में झलक गई "अनीता केक निकालो जल्दी, और चाकू भी रख दो, मैं पापा को उठाता हूँ।" अनीता ने मनोज को ऊपर से नीचे तक स्कैन किया, और झल्ला उठी "पहले तुम टी शर्ट बदलो मनोज, पिछली अपलोड में भी तुमने यही पहनी थी। और पापा का भी कुर्ता बदलवा दो।"

"लेकिन पापा ने तो नया कुर्ता पहना है, रहने दो। मनोज ने प्रतिवाद किया। "अररे नहीं भाई!!" अनीता खीजी "ये बड़े भैया ने दिया था, याद नहीं रहता तुम्हें!! उन्हें कुछ ऐसा पहनाओ जो हमने दिया हो, नहीं तो पिक्स अपलोड होते ही भाभी कमेंट कर देंगी—'पापाजी कुर्ता बहुत अच्छा लग रहा है, आई एम हॅप्पी यू लाइकड इट'। समझते तो हो नहीं!"

मनोज अपनी गलती का एहसास होते ही सहम गया। ये क्या अनर्थ करने जा रहा था वो! भैया के कुर्ते में पापा का बर्थड़े!!

पापजी—यानि आलोक जी, अपने जीवन के 84 वें वर्ष में प्रवेश करने जा रहे थे। पत्नी का देहांत हुए पाँच साल बीत चुके थे। दो बेटे, और एक बेटी का संसार था। माता की नाल से लटकते हुए धरती पर पैर रखा, नाल कटते ही माँ का हाथ थाम लिया। बेहद शांत और सोम्य आलोक जी जीवन को हर रूप मे स्वीकार

करने को तत्पर रहते थे। वैवाहिक जीवन के उतार चढ़ाव में पत्नी का हाथ थामे रहे, या यूं कहें, 'पत्नी' उनका हाथ थामे रही। जब से पत्नी गई, बस भवसागर में लहरों के साथ उठ गिर रहे हैं।

तीनों बच्चे अपने-अपने संसार में लीन थे। आलोक जी सबकी सुविधा देखते हुए बारी-बारी से उनके पास रह आते थे।

कमरे कि लाइट ऑन करते हुए मनोज बोला "पापा उठिए आपको केक काटना है।"

80 के बाद शरीर सोने और जागने के सामान्य चक्र से बाहर आ जाता है। इंसान सुबह 10 बजे भी अखबार पढ़ते-पढ़ते राल टपकाता सो सकता है, और कई बार रात भर नींद का इंतजार करते अंधेरे मे टुकुर-टुकुर जागता रहता है। इसलिए 80 के बाद जब जागो तभी सवेरा, और जब सो जाओ तभी रात। बमुश्किल नींद के आगोश में समाए आलोक जी को कुछ समझ नहीं आ रहा था। वे अनर्गल बड़बड़ाते हुए इधर उधर हाथ पाँव मारने लगे। अर्ध चेतन अवस्था में बड़ी-बड़ी आँखें खोलकर "क्या! क्या! क्या! नहीं! नहीं! नहीं" कहते हुए अपने खुद के जाए कनिष्ठ पुत्र को भी पहचान न पाए, और लगे उसे पीछे धकेलने। मनोज को आखिरकार अपनी आवाज़ में कठोरता लानी ही पड़ी, क्योंकि बारह बजने ही वाला था, और दोनों को कपड़े भी बदलने थे। "हद्द है पापा! आपको बोला था न, आज देर से सोना, और दिन तो उठे रहते हो आप। अभी केक नहीं काटा तो क्या मेसेज जायेगा बताइये तो? के हम आपका खयाल नहीं रखते? चलिये फटाफट उठिए, और ये पहन लीजिये" मनोज अपना लाया हुआ भड़कीला, चमचमाता कुर्ता आगे करता हुआ बोला, जो उसने अपने साले कि शादी में पिता के लिए बनवा दिया था।

मनोज की बेतुकी तुनक मिजाजी से सभी वाकिफ थे, सो लाल-लाल आँखों में पश्चाताप और क्षमा की अनुनय भर कर पिता कुर्ता बदलने में लग गए। ड्राइंग रूम की छोटी सी टेबुल पर बड़ा सा केक था, जिस पर "हेप्पी बर्थडे डीअर पापा" लिखा था। एक छोटा सा गिफ्ट भी तैयार किया जा चुका था, जिसे अनीता को देते हुए फोटो लेनी थी। अनीता कमरे की लाइटिंग चैक कर रही थी। और मनोज अपने हाई टैक कैमरे को तैयार कर रहा था। माहोल में खासा टेंशन था। जैसे किसी प्रोजेक्ट की सालाना रिपोर्ट बन रही हो। जिसमें ज़रा भी चूक हुई तो कांट्रैक्ट गया हाथ से। कौनसी पिक्स ली जाएंगी, ये भी लगभग तय हो चुका था। पाँच छह केक की, हर ऐंगल से, ताकि उसकी भव्यता परिलक्षित हो सके। बेटे की पापा को केक खिलाते हुए, बहू की पापा को गिफ्ट देते हुए, पापा की बहू को केक खिलते हुए, एक अनीता की प्लेफुली पापा की नाक में केक लगाते हुए, ताकि दोनों के बीच के सम्बन्धों को घनिष्ठ और प्रेम से लबालब दिखाया जा सके।

अनीता ने एक ऐंगल ऐसा लेने को बोला है, जिसमें उनकी दीवार पर लगी

दिवंगत मम्मी का फोटो भी आ जाए, और नीचे से केप्शन डाला जाए "वॉट अ कोइन्सिडेंस!! मम्मी जोइन्स द सेलिब्रेशन! लव यू मम्मा।" लेकिन ये कतई कैंडिड लगना चाहिए, नहीं तो इंपेक्ट नहीं पड़ेगा।

चमचमाते भड़कीले कुर्ते में आलोक जी केक के सामने लगी कुर्सी पर विराजमान हो गए। और चाकू हाथ में ले कर कभी बहू, तो कभी बेटे की तरफ देखने लगे। मनोज कैमरे के तमाम लेंस घूमा-घूमा कर एक ब्लॉक्बस्टर डॉकुमेंटरी बनाने की पशोपेश में लीन था, और बहू असिस्टेंट डायरेक्टर का काम कर्तव्यनिष्ठा से पूर्ण कर रही थी।

काटूँ? अचानक आलोक जी के मुंह से न जाने कैसे यह शब्द 'स्लिप' हो गया। दोनों बहू-बेटे ने एकसाथ ऊपर देखा। वैसे 'काटूँ' कि 'उं' की ध्वनि खत्म होते-होते आलोक जी को अपनी गलती का एहसास हो गया था। अब प्रकोप तो झेलना ही पड़ेगा।

"पापा आप देख रहे हो न, कुछ काम हो रहा है, क्यों ऊट-पटांग सवाल पूछते हैं। जब काटना होगा तो बोलूँगा न मैं।" आलोक जी को मनोज की झल्लाहट बिलकुल सही लगी। उन्होंने सोचा 'बुढ़ापे में बुद्धि भ्रष्ट हो जाती है, सुना था, आज देख भी रहा हूँ—अपने साथ।'

आलोक जी सकपका कर टेक वाली 'क्लैप' का इंतज़ार करने लगे।

'चलो अनीता position ले लो' मनोज रैडी था। अनीता पापा कि बगल में आकर मनोज और कैमरे की तरफ देखते हुए एकाएक प्रफुल्लित नज़र आने लगी। मनोज बोला "पापा काटो।" इशारा पाते ही पापा जी केक की तरफ झुके, वे चाकू चलाने ही वाले थे, के दोनों बहू-बेटा एकसाथ चीख उठे। जैसे चाकू केक पर नहीं, किसी आत्मीय जन पर पड़ने वाला था। "पापा क्या कर रहे हो यार! बीचों-बीच काट रहे हो, सारा डेकोरेशन खराब हो जायेगा, कोने से काटो, थोड़ा सा। अनीता तुम बता नहीं सकती थीं क्या?" अनीता भी अपना बचाव करती बोली 'अरे मुझे क्या पता था वो बीच से काट देंगे!'

आलोक जी कि वैसे कोई गलती नहीं थी, अब तक जितना भी उन्हें याद है, उनके लिए केक हमेशा गोलाकार यानी राउंड ही आया था। जिसमें कोने का सवाल ही नहीं था। आज अचानक आए, चार कोने वाले, रेड वलवेट केक ने उन्हें चारों खाने चित्त कर दिया था। चौकोर केक को काटने के संस्कारों से वे कतई अवगत न थे, सो यह भीषण गलती कर बैठते, भला हो नई पीढ़ी का जिनके ज्ञान चक्षु इंटरनेट कि तमाम शाखाओं में बरोबर लगे रहते हैं, ताकि कोई भी लेटेस्ट ट्रेंड या अपडेट छूट न जाए।

इस साल मोमबत्ती को फूँक मारने की क्रिया का उन्मूलन कर दिया गया था। क्योंकि पिछली बार आलोक जी ने मोमबत्ती फूंकते समय केक पर गलती

से थूक दिया था। अब आगे का मंज़र आप ना ही पूछें तो बेहतर होगा। बहरहाल केक को कोने से थोड़ा सा काटा गया। केक काटने की पिक कैसी आई है, यह देखने के लिए दोनों बहू-बेटा कैमरे में झुक गए। अनीता की मुसकुराते हुए ताली बजाने वाली मुद्रा, झुके हुए पापा, और तमाम भव्यता के साथ केक। दोनों रिज़ल्ट से संतुष्ट नजर आए। चलो ये तो हो गया! अनीता ने झटपट कटोरे में केक डाला और छोटी चम्मच डाल कर कैमरा पकड़ने बढ़ी।

अब बारी मनोज के साथ फ़िलमाए जाने वाले सीन की थी। चम्मच में केक ले कर मनोज पापा जी की तरफ बढ़ा पर अभी अनीता तैयार न थी। पापा जी ने गर्दन बढ़ा कर फौरन चम्मच से केक साफ कर दिया।

ये लो!! हो गया हॅप्पी बर्थडे!! लग रहा था के अगर पापा का लिहाज न होता तो मनोज दो चार चपेटे तो लगा ही देता। "क्या कर रहे हो! रुक जाओ! अनीता रैडि बोलेगी!" आलोक जी अपने बुढ़ापे को कोस रहे थे...और मनोज भी। एक बार और केक भरी चम्मच आलोकजी के आगे बढाई गई, पर इस बार वे सतर्क थे, सिर्फ मुँह खोला, पर खाने की जल्दी न दिखाई। मनोज ने अनीता की तरफ देखा, अनीता बोली "थोड़ा लेफ्ट मनोज।" थोड़ा सरक-सुरक के बाद फोटो खींच गई। जब रिज़ल्ट सामने आया तो देखा...पापा तो हँस ही नहीं रहे थे! रीटेक होगा।

डाइबेटिक आलोक जी को मीठे की मनाही थी। सब जानते थे। लेकिन ये बात इस समय कही जानी चाहिए की नहीं उन्हें समझ नहीं आ रहा था। इतना मुश्किल, इतना कठिन काम चल रहा है, और वे जरा सी कुर्बानी भी नहीं दे सकते? वे चुप ही रहे। गलती भी वही कर रहे थे। नहीं तो एक बार में ही टेक ओके हो जाता और ज्यादा केक भी नहीं खाना पड़ता। कुछ और टेक और रीटेक के बाद मनोज ने पापा का पैकअप कर दिया। वो और अनीता तो अभी ऐडिटिंग और पोस्टिंग में रात काली करेंगे।

सामाजिक मान-प्रतिष्ठा, प्रेम, स्वीकारोक्ति, और पहचान यानी की "likes" जुटाना बच्चों का काम नहीं, और कल का दिन तो वैसे ही बिज़ी जायेगा। पापा की तरफ से शुभकामनाओं का जवाब भी देना है। कहीं कोई ये न कहे कि बच्चों ने अपना कर्तव्य नहीं निभाया।

अर्जियां

परिवहन निगम की बस की खिड़की से खाई कुछ ज्यादा ही भयावह दिख रही थी। एक तरफ गगनचुंबी पहाड़, और दूसरी तरफ अंतहीन खाई। सांप जैसे आड़े टेढ़े रास्ते में बस घुरर-घुरर चली जा रही थी। कई मोड़ों पर तो ड्राइवर स्पीड भी कम नहीं कर रहा था।

पहाड़ी ड्राइवरों की खतरनाक ड्राइविंग रास्ते का लुत्फ ही खत्म कर देती है। हर मोड़ पर लगता है, अब गए! कि तब गए!

वैसे पहाड़ी ड्राइवर सबसे कुशल माने जाते हैं। उनकी बस का एक पहिया चाहे खाई में लटका हो, लेकिन ड्राइवर निश्चिंत, और बस सुरक्षित रहती है। अब यह बात शहर के पैसेंजर तो नहीं जानते ना!

ऊंचे-ऊंचे देवदार और चीड़ के पेड़ लुभावने लग सकते थे, पर्वतों की श्रृंखलाएं मन में गीत गुनगुनाने को उकसा सकती थी, अगर आशुतोष का मन खुश होता। पिछली शाम याद आते ही उसका मन उचाट हो गया।

आशुतोष को उल्टे सीधे कपड़े बैग में घुसाकर घर से निकलता देख, मां पीछे-पीछे दौड़ी भी थी,

"अरे आज ही कहां जा रहा है? तुझे तो दो दिन बाद जाना था ना?"

"ना, आज ही जाना है, कुछ काम है" आशु किसी को समझाने के मूड में नहीं था।

"अरे खाना तो खा ले" मां पीछे पीछे आ रही थी।

"भूख नहीं है" कह, बिना किसी से आंखें मिलाए वह बस घर से बाहर निकल जाना चाहता था।

अभी चाची बैठक में ही थी। उसके जाने के बाद सब सहानुभूति दिखाएंगे, गुस्सा दिखाएंगे, या अटकलें लगाएंगे, वह कुछ नहीं देखना चाहता था।

"क्या मतलब लड़की वालों ने मना कर दिया? चार महीने से जो ड्रामा चल रहा है उसका कोई मतलब है कि नहीं?"

सुबह-सुबह मोबाइल में सबसे पहले गुड मॉर्निंग का मैसेज अंजू का ही होता था। वह तो गनीमत है कि उसे इस तरह की चैटिंग वेटिंग पसंद नहीं वरना उस

लड़की ने कोई कसर छोड़ी थी क्या?

अलग-अलग डिजाइन में "A" को कॉमन रखकर "अंजू और आशुतोष" लिख-लिख उसे भेजा करती थी। और वह बस अपना फेवरेट शालीन सी स्माइली भेज देता।

"आप बहुत शर्माते हो"

अंजू उलाहना देती पर उसकी दृष्ट घुड़कियों के बावजूद आशुतोष ज्यादा खुल नहीं पा रहा था। कारण था पिताजी के अनुशासन का डंडा। जो आज तक निषेध था आज ठीक कैसे हो गया?

"खबरदार अगर किसी लड़की की तरफ आंख भी उठाई"

पिताजी ढकी छुपी घुड़कियां नहीं देते थे।

"टांगे तोड़ दूंगा!"

"करियर के समय बस करियर।"

पढ़ते-पढ़ते B.ed भी हो गया। साथ ही पीसीएस की तैयारी भी कर रहा था। पिताजी के निर्देश से जो अध्यापक की पोस्ट के लिए अप्लाई किया, तो पता नहीं था कि नौकरी मिल ही जाएगी। नियुक्ति पत्र मिलते ही आशुतोष ने फैसला लिया के ज्वाइन नहीं करेगा।

"पिताजी मुझे पी सी एस के लिए तैयारी करने दीजिए"

उसने हिम्मत करके बोला ही दिया।

"दिमाग खराब हो गया है तेरा!" "घर बैठे-बैठे सरकारी नौकरी मिल रही है तो जनाब के नखरे देखो। कहां है नौकरियां? किस को मिल रही है नौकरियां? जो मिल रहा है उसे शालीनता से ग्रहण करो, और नौकरी के साथ करते रहना तैयारी, चाहे जिसकी।"

पिताजी की प्रतिक्रिया उसे पहले से ही मालूम थी।

सरकारी नौकरी और भगवान का ओहदा करीब-करीब बराबर का ही होता है। दोनों को ही लात नहीं मारी जाती। चाहे कितनी भी दुश्वारियां क्यों ना आएं।

मां आधे रोने आधे गिड़गिड़ाने वाले अंदाज में चाची से पूछ रही थी," अरे क्यों मना कर रहे हैं लड़की वाले? बता तो? कल तक तो सब ठीक ही था, उषा बहन जी से मेरी बात भी हुई थी।"

"जीजी क्या बोलूं मैं, लड़की कह रही है मास्टर से शादी नहीं करेगी"

"अरे यह क्या बात हुई? हमने कुछ छुपाया थोड़ी ही था। उन्हें तो पहले से पता था आशुतोष इंटर कॉलेज का मास्टर है"

मां जाने किस को और क्या समझाना चाह रही थी।

"हां, पर तब वह पी सी एस का रिटन पास करके भी तो बैठा था ना! , उन्हें पूरा विश्वास था कि हमारा आशु इंटरव्यू में जरूर पास होगा, कल, जब से रिजल्ट

आया है लड़की ने रो रो के हलकान किया हुआ है। आशु के ना निकल पाने से सबसे ज्यादा दुख अंजू को ही हुआ है बहुत अरमान थे उसके"

चाची सिचुएशन का एंगल बदल चुकी थीं। उनके हिसाब से अंजू को धोखा हुआ है और जिम्मेदार आशुतोष है।

भीतर कमरे में बैठा आशुतोष सब कुछ सुनकर भी चुपचाप था। मन तो कर रहा था के घर से बाहर जाकर कह दे—"फिकर ना करो चाची, आपकी उस अंजू को कोई कमी नहीं होगी, चार दिनों में ही चैट कर-करके वह एक नया मुर्गा फंसा लेगी।" लेकिन बिना कुछ बोले बैग में कपड़े ठूंस कर बाहर निकल आया।

बोर्ड की परीक्षा की कापियां जांचने के लिए दो दिन बाद भवाली जाना था, सोचा आज ही निकल पड़ो।

आशुतोष को समय समझ नहीं आ रहा था कि उसे किस बात का शोक मनाना चाहिए—पीसीएस क्लियर ना कर पाने का, शादी टूट जाने का, या अपने सरकारी स्कूल के एक अदना से मास्टर होने का।

अचानक चटपटे आचार और पूरियों की सुगंध उसके नथुनों से टकराई। गर्दन घुमा कर इधर-उधर देखा तो पाया, उसके साथ वाली सीट के सामने एक औरत कांख में दो ढाई साल का बच्चा दबाए, टिफिन खोले बैठी है। बच्चा काफी देर से अलग-अलग आवाज़ों में रोए जा रहा था। और बीच-बीच में माता के एक दो धौल भी धर रहा था। आखिरकार माता को समझ आ ही गया के बच्चे के मुंह में कुछ ठूंसे बिना आगे की यात्रा संभव नहीं होनी।

पूरी में थोड़ा सा आचार चुपड़ लठिया बनाकर मां ने ज्यों ही थमाया, बच्चा धोंकनी की आवाज के साथ खाने में व्यस्त हो गया।

अचानक आशुतोष को याद आया कि पिछली रात से उसने भी कुछ नहीं खाया है। लखनऊ से काठगोदाम जाने वाली वाघ एक्सप्रेस पकड़ने के लिए वह शाम को ही घर से निकल पड़ा था। टिकट तो उसने दो दिन के बाद का लिया था, अब जल्दी जा कर या तो टिकट का जुगाड़ करे, या बिना टिकट ट्रेन में बैठ जाए और वहीं बनवा ले टी.सी. के हाथ पांव जोड़ कर। सुबह रोडवेज की बस पकड़ने से पहले बस एक चाय पी सका था।

सच तो यह है कि दुःख, रोष, शोक शुरू-शुरू में पेट की ज्वाला को क्षीण कर देते हैं, लेकिन अंत में भूख हर संताप को हराकर फुंफकारती हुई प्रकट हो ही जाती है। और इस बार कहीं ज्यादा प्रचंड और मारक होती है।

आशुतोष ने अपने भूख प्यास से सूखे होठों पर जीभ फेरी।

बच्चा पूरियों से तृप्त होकर अब अचार खाने की जिद करने लगा था। इतने छोटे बच्चे को मसालेदार, मिर्ची वाला आचार देने से हर माता संकोच करती है, किंतु वह किसी तरह मानने को तैयार ना था। हार कर माता ने आचार बड़ा सा

टुकड़ा पूरा का पूरा अपने मुंह में लेकर उसका सारा मसाला चाट लिया, ताकि उसमें नमक के सिवा कुछ ना बचे। दो तीन बार इसी तरह चाटने के बाद अचार के मसाला विहीन, हल्के पीले और सफेद, कांति हीन टुकड़े को माता ने बच्चे के हाथ में थमा दिया। अब बच्चा तन्मयता से अपने 'कस्टमाइज्ड' आचार को चाटते हुए प्रकृति का आनंद ले रहा था। मौके का भरपूर फायदा उठाते हुए मां भी जल्दी-जल्दी दो-चार कौर पूरी अपने मुंह में डालने लगी।

आशुतोष के पेट में बादलों की गर्जन तर्जन शुरू हो गई।

"जाने बस कहां रुकेगी, बिना कुछ खाए अब रहा नहीं जा रहा"

अपना ध्यान हटाने के लिए उसने मोबाइल निकाला और सोशल मीडिया की टोह टोंक में व्यस्त हो गया।

अंजू ने उसका नंबर ब्लॉक कर दिया था। खैर अब जरूरत भी क्या थी। सम्पर्क तो वह भी नहीं करना चाहता था।

अनायास उसकी अभ्यस्त उंगलियां उसी प्रोफाइल पर जा अटकी जिसे वह घंटों निहार सकता था। कोई परिचय नहीं था। बस एक नाम...और एक फोटो। गर्दन तक का क्लोजअप, गहरी बड़ी-बड़ी आंखें, पहाड़ी आडू सा रंग, कमान सी भवें, गालों को टेक देती नाजुक मुलायम उंगलियां और उंगलियों में फंसी पेंसिल। यह फोटो आशुतोष के एकांत की, उदासी की, उमंग की, सब की साथी थी। उस फोटो को एक टक देर तक निहारना उसे बहुत सुहाता था। ना तो कृत्रिम भाव भंगिमा, ना ही कोई प्रसाधन, ना ही मुस्कान, ना चंचलता। शून्य सी शांति समेटे इस फोटो को आशुतोष अपने मन में भी समाए था। कितना सुंदर नाम है "सरयू," जैसे सचमुच कोई नदी मानवी रूप लेकर चुपचाप जीवन की आपाधापी का दूर से अवलोकन कर रही हो।

नदी के तट पर बैठकर बहते पानी को निहारने से जो सुख मिलता है, आशुतोष को सरयू की यह तस्वीर वैसा ही सुख देती थी। विषाद के क्षणों में वह इन कोमल उंगलियों को अपने माथे पर महसूस कर सकता था।

वाइफ??

अचानक यह प्रश्न सुनकर आशुतोष को आभास हुआ कि उसके साथ-साथ कोई और भी सरयू की फोटो बड़े ध्यान से देख रहा था। बगल में बैठा लड़का उससे दो चार साल छोटा ही होगा। आशुतोष उलझन में था, आखिर क्या जवाब दे। मुंह से "नहीं" निकलते ही लड़के की आंखें चमक गई,

"आआआऽऽ गर्लफ्रेंड!"

आशुतोष हैरान था, के यह लड़का आखिर किस रिश्ते से उसे छेड़ रहा है? छोटी जगहों में प्राय: लोग 'प्राइवेट' यानी ' 'निजी शब्द का उपयोग बस कुछ ही जगह करते हैं। जैसे प्राइवे फर्म, प्राइवेट टैक्सी या बस और प्राइवेट नौकरी। 'प्राइवेट

लाइफ' जैसी कोई चीज का वजूद इनकी जानकारी में नहीं होता। हां 'प्राइवेट बात 'यानी एक बार में सिर्फ एक को ही बताने वाली बात। जो नॉन प्राइवेट बात से ज्यादा गतिमान होती है। यहां किसी के साथ-साथ पेपर या मैगज़ीन पढ़ना और किसी के मोबाइल में झांकना बुरा नहीं माना जाता। खचाखच भरी बस में अपने बच्चे को किसी की गोद में, या बैग के ऊपर बिठा देना, अति सामान्य बातों में गिना जाता था, या कहें तो मौलिक अधिकारों में गिना जाता था।

"भोती सुंदर है ये तो, जल्दी सादी-हादी कर डालो, नी तो रेलगाड़ी छूट जाएगी।"

और वह लड़का अपनी ही मजाक में फिस्स-फिस्स कर हंसने लगा।

आशुतोष ने मुस्कुराते हुए मोबाइल जेब में रख लिया। आज पहली बार आभासी दुनिया से बाहर सरयू किसी प्रसंग में थी। आज वह अचानक ज्यादा करीब लग रही थी। आशुतोष खिड़की से बाहर विशाल पर्वत श्रृंखलाओं और देवदार चीड़ के पेड़ों पर उतरती सूर्य की ताजी किरणों को देखने लगा।

अगले मोड पर सड़क चौड़ी हो गई। वहां कुछ दुकानें भी नजर आ रही थीं। वहीं पहाड़ से सटाकर ड्राइवर ने बस रोक दी, और कंडक्टर ने एक जोर की हांक लगाई—

"चाय पकौड़े खा लो होऽऽ, और मुफ्त का बिसलेरी भी पी लो, जितना पीना है।"

उसका मतलब पहाड़ से नीचे आती छोटी-छोटी जल धाराओं से था। जिसका मुकाबला किसी भी कंपनी का मिनरल वाटर नहीं कर सकता। आशुतोष सब के पीछे ऐसी ही एक जलधारा के पास पहुंचा। ठंडा पानी चेतना के साथ-साथ भूख भी बढ़ा देता है। बगल वाला लड़का भी उसके साथ पहुंचकर छपा-छप नौले में मुंह धोने लगा।

"आप तो नए लग रहे हैं, यहां आलू के गुटके और रायता अच्छा होता है जरूर खाना, पकौड़ी तो सब जगह एक सी होने वाली ठैरी, नी भी खाओगे तो कोई बात नहीं। लेकिन रायता-आलू छोड़ने जैसा नहीं है हां!"

आचार खाने वाला बच्चा भी शायद रायते के इंतजार में ही था। टेबल पर दोना देखते ही उसने पांचों उंगलियां के धप्पे से अपनी मां के साथ रायते की होली खेल डाली, अब मां वापस नौले में जाकर अपने पेटू और उद्दंड बच्चे को, और खुद को साफ कर रही थी।

"हां साब!!!

लड़के की उम्र दस से बारह साल की होगी। हाथ पैरों से हष्ट पुष्ट फुर्तीला, वह आर्डर लेने के लिए आतुरता के साथ आशू की तरफ देख रहा था।

"आलू, रायता, पकौड़े...एक-एक प्लेट और एक चाय"

आशुतोष ने ऑर्डर दे डाला। 50 आर्डर एक साथ स्मृति पटल पर रखकर काउंटर पर धड़ाधड़ पहुंचाना एक बारह साल के बच्चे की मानसिक उर्वरता का प्रमाण है। जाहिर है अगर यह स्कूल गया होता तो पढ़ाई भी बेहतर करता। चटपटे नाश्ते ने जब आशुतोष का आधा पेट भर दिया तो लड़का चाय देने आया।

"स्कूल जाते हो?" आशुतोष ने पूछा।

लड़का थोड़ा ठिठका, और फिर संभल कर बोला,

"जी साहब।"

"तो अभी यहां कैसे हो?"

"आज छुट्टी है साब"

"कल जाओगे?"

"जी साब।"

"कौन से स्कूल।"

"नाइट स्कूल साब।"

बच्चा तोते की तरह बोल रहा था।

"इतने छोटे होकर काम करते हो।"

"यह अपना ही दुकान है साहब, वह काउंटर पर अपना बाप बैठा है।"

लड़का जबान से पहाड़ी नहीं लग रहा था, शायद बिहारी। पहाड़ी बाप का बिहारी बेटा! चाइल्ड वेलफेयर एसोसिएशन वालों के झमेलों से बचने के लिए रटे रटाए जवाब दे रहा था। तभी आशुतोष की नजर काउंटर पर बैठे बच्चे के कथित बाप पर पड़ी जो एक टक उसे ही देखे जा रहा था। आशुतोष को अपनी समाज कल्याण की भावना की हवा निकलती दिख रही थी। वह चुपचाप नाश्ता करने लगा। उसे फेसबुक पर बाल श्रम के विरोध में लिखी अपनी तमाम पोस्ट याद आने लगीं। लोगों ने भी जमकर उनका समर्थन किया था। तब उसे लगा था जनचेतना फैलाना भी क्या कोई कम बड़ा काम है? चेतना होगी तभी तो परिवर्तन होगा। परंतु आज ज़मीनी सच्चाई से दो-चार होते ही उसका इस बारे में सोचने का भी मन नहीं कर रहा था। परिवर्तन लाने वाले कोई दूसरे ही होते हैं "पर उपदेश कुशल बहुतेरे" आशुतोष अपनी गहराती हीनता को झटक कर उठ खड़ा हुआ।

पहाड़ों में खाना ज्यादा स्वाद क्यों लगता है, इस बात पर कई तर्क दिए जाते हैं। जैसे साफ आबो-हवा में ज्यादा ऑक्सीजन मिलने से कैलरी जल्दी बर्न होती है, मीठा पानी खाने का स्वाद बढ़ा देता है, हाई एल्टीट्यूड में भूख ज्यादा लगती है, लेकिन आशुतोष का मानना है कि कोई भी चीज अगर आडंबर हीन हो, तो वह सहज ग्राह्य होती है। आत्मा के नजदीक, इंद्रियों के समीप।

बस धीरे-धीरे गंतव्य की तरफ बढ़ने लगी। तृप्त आशु अब आराम की स्थिति

में था। यकायक उसे याद आया कि उसने अपने दो दिन पूर्व आने की सूचना तो स्कूल को पहुंचाई ही नहीं!! उसने फोन निकालकर टटोला। उसे एक नंबर दिया गया था। जिसे पहुंचने से पूर्व सूचना दी जानी थी। वही उसके रहने खाने का इंतजाम देखने वाला था। हरीश रावत...हरीश रावत...हरीश रावत...मिल गया! अब क्या कहेगा वह? अगर वह कह दे कि आप जल्दी क्यों आए? आपकी बुकिंग तो दो दिन बाद है। कोई बात नहीं...कहीं होटल होटल ढूंढ लेगा। एक बार बात कर लेने में कोई हर्ज नहीं।

"ओहोऽऽ कौन से वाले सर हुए आप?"

हरीश रावत का संचार माध्यम, बोलने और गाने के बीच की कोई अनोखी प्रणाली लग रही थी।

बोलचाल की भाषा में तान का उपयोग सिर्फ पर्वतीय क्षेत्रों में ही होता हो, ऐसा नहीं। उत्तर और पूर्व और दख्खिन के अंचलों में भी यह खूब प्रयोग में लाया जाता है। दर असल जब कभी शब्दों के कंधों पर भावनाएं सवार हो जाती हैं, तो तान खुद ब खुद आ जाती है। तान दो व्यक्तियों को शब्दों से कहीं अधिक जोड़ देती है। इस विश्वास के साथ के मैं, अभी, इस समय, आपके समक्ष हर पहलू से उपस्थित हूं।

"मैं आशुतोष बंसल हूं। लखनऊ से आ रहा हूं।" आशुतोष ने जवाब दिया।

"अरे सर, आप जल्दी नहीं आ गए? कहो तो? आपको तो नर्सों आना था, नी"

अपने आने की कहानी को "कुछ काम था" कहकर आशुतोष ने टाल दिया।

"कोई दिक्कत है तो मैं होटल कर लूंगा" उसने हरीश रावत का बोझ कम करना चाहा।

"ओहोऽ! दिक्कत कैसी कहा, आप शब सर लोगों के लिए ही तो कर रखे हैं कमरे। अभी साफ नहीं है। हो जाएंगे वह भी, कितनी देर लगती है!"

आशुतोष ने चैन की सांस ली।

"ठीक है पहुंचता हूं हरीश जी"

"आपने खाना भी तो नी खाया होगा फिर?"

रावत जी का प्रश्न सुनकर आशुतोष को अचानक अपनी मां याद आ गई जिसे हर वक्त बस उसके खाने की चिंता लगी रहती थी। आशु खीज उठता।

"आपको लगता है कि दुनिया की हर समस्या का समाधान खाना है। नहीं खाना मुझे खाना।" और मां चुपचाप आशुतोष का मुंह देखती रह जाती।

दुनिया की तमाम असफलताओं, हीन भावनाओं और हारों से उपजे रोष को हम अधिकतर अपने सबसे करीबी उतारते हैं। जिनका बस चले तो हमारे दिलों का दुख अपनी हथेलियों से उलीच दें। आशुतोष ने मां को फोन मिलाया—

"हां मां भवाली पहुंचने वाला हूं, ...हां खा लिया, ...हां ठीक से खाया, नहीं

सच बोल रहा हूं, ...आलू, रायता, पकौड़ी, चाय...अरे रोटी रात को खाऊंगा ना!" आशुतोष मुस्कुरा रहा था "आप चिंता मत करो मेरी बात हो गई है सब इंतजाम कर रहे हैं, मैं ठीक हूं, अब मैं बाद में बात करूंगा" आशुतोष ने फोन जेब मे रख लिया।

जब बच्चे बड़े हो जाते हैं तो उन्हें उठाकर गोद में बिठाना व्यवहारिक नहीं होता। ना हम करते हैं। तब इन्हीं अनगिनत सवालों से घेरकर मां अपने बच्चों का माथा चूमती है।

हरीश जी औसत कद के फुर्तीले व्यक्ति निकले। जिन्होंने उसके पहुंचने से पूर्व ही निर्धारित कमरे को धो-पौंछकर तैयार कर दिया था। बिस्तर में सफेद चादर, तकिया, टेबल पर पानी का जग, और जल्दीबाजी में बनाया गया पहाड़ी फूलों का एक बुके भी था।

"धन्यवाद हरीश जी, मैंने जल्दी आ कर आपको परेशान कर दिया" आशुतोष ने शिष्टाचार निभाया।

"अरे कैसी बात कर दी ठैरी आपने सर! हम तो खाली ठैरे। अकेले बैठकर औरी हो जाता है कहा!"

"और कैसे हैं शब लखनऊ में हालचाल?

"घर में शब ठीक होंगे?"

आशुतोष को समझ नहीं आ रहा था, यह हरीश जी लखनऊ में किस का हाल-चाल पूछ रहे हैं? वह खुद उनसे आज पहली बार मिल रहा है, और यह मेरे घर वालों की कुशल क्षेम पूछ रहे हैं!

"हां सब ठीक है "कह कर आशुतोष ने बात खत्म कर दी।

एक्सटर्नल एग्जामिनर के रहने का इंतजाम इस बार स्कूल के खाली स्टाफ क्वार्टर में ही कर दिया गया था। यह बात आशुतोष को अच्छी लगी। उसकी मन: स्थिति नहीं थी कि किसी टीम-टाम\आडंबर वाली जगह में जाए जहां औपचारिक वातावरण हो। और अभी बाकी शिक्षकों के आने में भी समय था तो उसे पूरी उम्मीद थी, कम से कम दो दिन तो उसे मिल ही जाएंगे।

"सर चाय में चीनी का परहेज तो नहीं करते हैं आप?"

हरीश जी थरमस में बनी चाय लेकर खड़े थे।

आशुतोश के "नहीं," कहते ही उन्होंने इत्मीनान से दो गिलास में चाय उड़ेल दी।

स्टील के गिलास में चाय पीना पहाड़ों में रिवाज नहीं, आवश्यकता है। चीनी मिट्टी के छोटे-छोटे कपों में चाय डालते ही ठंडी जो हो जाती है। आशुतोष सोच रहा था अगर उसे चीनी से परहेज होता तो हरीश जी क्या करते?

"अभी तो पूरा दिन पड़ा है सर, आप रात के खाने तक क्या करेंगे? दिन में सोएंगे तो रात को नींद नहीं आएगी, घुम आओ आसपास। गोलजू का मंदिर

है यहां। आपने भी तो नहीं देखा होगा? मैं तो रोज ही जाता हूं कहा एक चक्कर। मेरे तो डॉक्टर, वकील, इजा, बाबू सब गोलजू ठैरे! कल मेरे कान में भोती पीड़ हो री थी कहा! सब अस्पताल दौड़ते हैं...मैं गोलज्यू के पास दौड़ा। मैंने कहा... ठीक करते हो नहीं!!! गुस्सा आ जाने वाला हुआ ना! कान से फिर सिर में सड़कने वाला हुआ दर्द। पुजारी ने हजारी के पत्ते पीसकर कान में डाल दिए, हैग्यो, पांच मिनट में ठीक्क!! घुड़क देने वाला हुआ मैं भगवान को भी!"

हरीश जी अपने भगवान को घुड़कने वाले अंदाज पर खुद ही मोहित लग रहे थे। हरीश जी की बातों से लग रहा था कि अगर उसने जाने कि हामी ना भरी, तो यहीं कथाओं और कहानियों के बीच शाम कट जाएगी।

"आपने अच्छा बताया हरीश जी, मैं जरा आसपास घूम आता हूं। फिर मौका मिले ना मिले।"

प्रस्ताव मान लिए जाने से हरीश जी प्रसन्न दिख रहे थे।

आशुतोष नास्तिक नहीं था। पर आस्तिक भी नहीं था। दरअसल उसे खुद पता नहीं था कि वह क्या है। घर में मां-पिताजी पूजा पाठ करते रहते, जिसमें उसका कोई खास रोल नहीं रहता था। किसी बड़ी पूजा से पहले बाजार से यदि कोई सामग्री आदि चाहिए होती तो ला देता। मां प्रसाद देने आती तो किताब में नजरें गड़ाए-गड़ाए ही हथेली बढ़ा देता। जिसमें मां बताशा, पेड़ा, लड्डू जो भी प्रसाद हो रख देती और आशु खा लेता।

वैसे उसे पूजा-पाठ का माहौल बहुत अच्छा लगता था। घंटी शंख की आवाज, धूप लोबान की खुशबू, जो पकवानों की सुगंध के साथ मिलकर अनोखा माहौल बना देती थी। फर्नीचर विहीन कमरों में बिछे कालीन, मोहल्ले भर का जमावड़ा, पंडित जी के मंत्रोच्चार और अनगढ़ आवाजों में ढोलक मंजीरे की थाप पर गाए भजन। आशुतोष को सब बहुत सुहाता था। उसे नहीं पसंद था तो बस भगवान के नाम पर दिया जाने वाला दबाव। बड़े-बड़े मंदिरों में भगवान के दर्शनों के लिए जिस तरह भक्तों के आर्थिक और सामाजिक हैसियत को मापदंड बनाया जाता है आशुतोष को उससे वितृष्णा थी। उसने साधारण भक्तों को पंडे पुजारियों द्वारा धकियाते हुए भी देखा था। दो घंटे लाइन में लगकर जब श्रद्धेय के दर्शनों का समय आता तो बेदर्दी से पुजारी 'जल्दी करो जल्दी करो' कह दो सेकंड भी खड़े नहीं होने देते। वहीं वीआईपी भक्तों के लिए अलग से पूजा करने की भी व्यवस्था थी। भगवान की मूर्ति के सामने रखे दानपात्र से भी आशुतोष को खासी नफरत थी।

चाय पीने के तकरीबन आधे घंटे बाद आशुतोष घोड़ाखाल के गोलू देवता के मंदिर की सीढ़ियों के नीचे खड़ा था। आसपास पूजा सामग्री, प्रसाद, घंटियां, चुनरी इत्यादि की कई दुकानें थी। लोग खरीदारी कर रहे थे। सुबह की धूप लगभग गायब हो गई थी। सूरज कहीं सर के ऊपर ही होगा लेकिन बादलों ने उसे पूरी तरह

से ढक दिया था। विशाल देवदार और चीड़ के पेड़ झूम-झूम कर अपने मित्र मेघों का स्वागत कर रहे थे।

पहाड़ी क्षेत्रों में मौसम भी मनमौजी होता है। वैभवशाली विशाल और मनमौजी प्रकृति मनुष्य को उसके कद का एहसास कराती रहती है। पर्वतीय जीवन होनी के आगे नतमस्तक, और प्रकृति से एकाकार होता है।

आशुतोष को कुछ घंटे पूर्व की दु:खद घाटनाओं की याद हो आई। पी सी एस में विफलता और विवाह प्रस्ताव का टूटना।

"आज क्या खाया आपने?"

अंजू के बेतुके बेमानी सवालों से प्राय: आशु सकुचा जाता। जिससे कोई मित्रता नहीं, प्रेम संबंध नहीं उससे कैसे बात की जाती है, यह वह नहीं जानता था। और वह भी तब जब सामने वाला अंतरंग होने की कोशिश करे।

"खाना"

कहते ही अंजू के दस बारह हंसने, लोटपोट होने, आंखों में आंसू निकल कर खिलखिलाने वाले इमोजी आ जाते।

"आप बड़े वो हो"

अंजू के उलाहने पर आशुतोष हल्की सी स्मित वाले इमोजी भेज देता।

स्त्री छाया से कतई दूर आशुतोष के अनुभवहीन मन को आखिरकार "वो" होना भा रहा था।

"खाना तो सब खाते हैं आपने खाने में क्या खाया?"

अंजू अपने प्रश्न पर बरकरार थी।

"पालक की सब्जी, तुवर की दाल और रोटी।"

लिखते वक्त आशुतोष को यह कतई भान नहीं था, के रोज-रोज प्यारी प्यारी बातों के साथ खाने का मेनू पूछने वाली चतुर अंजू दरअसल उनका लिविंग स्टैंडर्ड जांच रही होती थी।

"गरीबों वाला खाना खाते हैं बिल्कुल, बस इसकी ठीक-ठाक नौकरी हो जाए बाकी मैं सब संभाल लूंगी "अंजू नाखुश थी।

"अपनी एक पिक भेजिए ना।"

रिश्ता तय हुए मुश्किल से दो-चार दिन भी नहीं हुए थे कि अंजू ने आशुतोष से तस्वीर की मांग कर डाली। बहुत दिनों तक टालने के बाद आशुतोष ने कॉलेज के ग्रुप से एक फोटो भेज दी। जिसमें वह अन्य दो लड़कों के साथ खड़ा मुस्कुरा रहा था।

"आप तो बिल्कुल बुद्धू हो, मुझे सेल्फी चाहिए। अभी इसी वक्त खींची हुई। आपके कैमरे से। देखिए ऐसी...।"

और अंजू ने अपनी एक बिस्तर पर लेटी फोटो भेज दी। जिसमें उसके कमर

तक का हिस्सा साफ दिख रहा था।

तकिए में बिखरी केश राशि, आधी खुली आंखें, और पाउट वाली चंचल मुख मुद्रा।

औसत नाक नक्श वाली अंजू को सौंदर्य का अवलंब भले ही ना मिला हो, किंतु अविवाहित कन्या का सुगठित शरीर उसके पास भी था। जिसे अपने दुपट्टे का त्याग कर उसने बड़ी नजाकत से, सही कोण से अपने कैमरे में कैद भी कर लिया था।

आशुतोष के गाल और कान गरम हो गए। झट मोबाइल बंद करके वह सीधा बैठ गया। लेकिन पंद्रह मिनट बाद फिर फोन उठाकर उसी फोटो को चोरों की तरह देखने लगा।

अंजू के पांच और मैसेज पड़े हुए थे।

"अरे मैंने फोटो मांगी, और आप गायब! जाइए मैं आपसे बात नहीं करूंगी"

और तीन लाइन भर के गुस्से वाले तमाम इमोजी उसे अंजू के तापमान का एहसास करा रहे थे।

आशुतोष कर्ज खाए गरीब किसान सा महसूस करने लगा। उसने बड़ी कोशिशों से अंजू का एंगल कॉपी कर एक सेल्फी ली, और भेज दी। उसे क्या पता था के अंजू पीछे लटके साधारण परदों, असंख्य बार धुली चादर, सस्ते फर्नीचर, अति साधारण साज सज्जा और उसकी पहनी हुई टी-शर्ट पर नाक मुंह चढ़ा रही होगी

"देख लो इनका रहन-सहन"

चिढ़ी हुई, चिंता ग्रस्त अंजू ने मां को आशुतोष की सेल्फी दिखाई।

"अरे एक बार पी सी एस क्लियर हो जाए, फिर तू थोड़ी ना रहेगी वहां" मां ने समझाया।

बस यही एक बात थी जो अंजू को हर रोज सुबह आशुतोष को गुड मॉर्निंग का मैसेज भेजने को प्रेरित करती थी।

पास ही एक मारुति वैन के रुकने से आशुतोष की तंद्रा भंग हुई। जिसमें से उसकी कैपेसिटी से ज्यादा प्राणी निकलते ही जा रहे थे...निकलते ही जा रहे थे...। पांच बच्चे और तीन चार पतले दुबले नौजवान जब गाड़ी से बाहर कूद चुके, तो कुछ मोटी गुदगुदी स्त्रियां निकलीं, जिनकी गोद में शायद वह सारे अग्रिम पंक्ति के यात्री बैठे होंगे। जगह ज्यादा घेरने वाली सवारियों को अक्सर यह बलिदान देना पड़ता है।

तभी पर्वतीय दुल्हन की वेशभूषा में सुसज्जित एक कन्या वैन से उतरी। जिसके पीछे कोट-पैंट और हाथ में कंकड़ बांधे एक पतला दुबला युवक था। हाथ में बंधा कंकड़ इस बात का सबूत था के युवक नववधू का नववर है। जिस तरह से बच्चों की पोशाकों में कुशल दर्जी भविष्य में बढ़ने वाली लंबाई के लिए मार्जिन छोड़ दिया करते थे, उसी तरह की कलाकारी दिखाते हुए दूल्हे के दर्जी ने

उसके भविष्य में फैल सकने वाले शरीर के लिए खासा मार्जिन छोड़ दिया लगता था। भविष्य में फिट होने वाला सूट, वर्तमान में किसी हैंगर में अपने मालिक के हृष्ट पुष्ट वर्जन के इंतजार में टंगा सा लग रहा था। दोनों के माथे अनेक लोगों के लगातार टीकाकरण से लालम लाल हो गए थे।

तभी वैन के पास एक और जीप रुकी। जिसमें बाकी बचे हुए सगे संबंधी एवं मित्रगण थे। जो शायद वैन में घुसने में विफल हो चुके होंगे। जीप से एक पंडित जी भी उतरे। जिन्होंने उतरते ही जोरदार शंख ध्वनि और घंटियों की आवाज से गोलू देवता को अपने आने की सूचना दी।

जय गोल्ज्यू!!! की नाद के साथ टोली मंदिर की असंख्य सीढ़ियों की ओर चल पड़ी।

आशुतोष भी उनके पीछे-पीछे मंदिर की ओर चलने लगा। तभी एक दुकानदार ने आवाज लगाई।

"खाली हाथ आप कहां जा रहे हो सर, भगवान का अभिषेक ले जाओ नहीं तो मुराद कैसे पूरी होगी आपकी?"

व्यापार से आशुतोष को कोई शिकायत नहीं थी। व्यापार मेहनत का काम होता है। लेकिन जब वह किसी को किसी की भावनाओं, अभिलाषाओं, डर और आकांक्षाओं को भुनाते देखता तो घृणा से भर उठता।

"ये साले ठग! भोली भाली जनता को कभी अनिष्ट का भय, तो कभी मुरादों का लालच देकर अपनी जेबें भरते रहते हैं।" और वह भी एकदम भगवान की नाक के नीचे! अगर यह गोलू भगवान न्याय का राजा है, तो सबसे पहले इन ठगों को सबक सिखाए!"

"भाई मैं पूजा करने नहीं, पिकनिक मनाने जा रहा हूं।"

यह शब्द शायद आशुतोष ने जानबूझकर दुकानदार को चिढ़ाने के लिए कहे थे।

"ठीक है सर। जैसा करते हो फिर। लेकिन यह दो फूल ले जाओ, इसका कोई पैशा नहीं है। गोलू के पैर में चढ़ा देना।"

दुकानदार ने जबरन आशुतोष के हाथ दो फूल पकड़ा दिए। आशुतोष झेंप गया। लेकिन उसने दृढ़ निश्चय कर रखा था कि वह दुकानदार के पैंतरों से कतई शर्मिंदा नहीं होगा, और ना ही बेवकूफ बनेगा। इसलिए उसने फूल लिए, और बिना एक भी पैसा दिए मंदिर की तरफ बढ़ गया।

अब तक शादी की टोली काफी सीढ़ियां लांघ चुकी थी। सीढ़ियों के दोनों ओर लगी रेलिंग में घंटियां टंगी हुई थीं। और साथ ही बंधी थीं रंग बिरंगी चुन्नियां। बांज, चीड़, साल, जामुन के लहराते जंगल घंटियों को हवा के वेग से छेड़े जा रहे थे।

एकाएक आशुतोष की नजर पेड़ों पर विराजमान बंदरों पर पड़ी, जो प्राइम मिनिस्टर के बॉडीगार्ड की तरह हर आने जाने वाले इंसान की पैनी नजरों से जांच

कर रहे थे। आशुतोष को हिमाचल के जाखू मंदिर की याद हो आई।

फोन जेब में है..., धूप का चश्मा नहीं पहना..., और ना ही कोई खाने की चीज है उसके पास। आशुतोष ने चैन की सांस ली। हाथ में पकड़े दो फूल अगर बंदर झपट भी ले जाएं तो उसको कोई मलाल नहीं होगा। जाखू मंदिर में कार से उतरते ही कैसे एक बंदर झट उसके कंधे पर बैठ कर उसका धूप का चश्मा ले उड़ा था, सोच कर ही आशुतोष को झुर्झुरी हो आई। और थोड़ी देर बाद जब एक आदमी ने उसे चश्मा दिला देने की पेशकश की, तो उसे समझ आ गया कि यह ट्रेंड बंदरों का नाट्य मंचन भर है। आदमी ने पैसे के एवज में कुछ चने इत्यादि का लालच देकर दूर पहाड़ की चोटी पर बैठे बंदर को चश्मा वापस देने के लिए राजी कर लिया। पांच रुपये के चने के 50 रुपए देकर, और आगे मंदिर में बंदरों से बचने के लिए डेढ़ सौ रुपए के किराए का डंडा लेकर आशुतोष ने मंदिर में प्रवेश किया था। लेकिन यहां के अनुभवी बंदर सिर्फ खाने-पीने की सामग्री के फिराक में थे सो उन्होंने आशुतोष को काम का ना पाकर जाने दिया।

स्वच्छ आबो हवा, धूप अगरबत्ती की खुशबू, संपन्न प्राकृतिक छटा और रह-रहकर बजती घंटियां, इस मनोरम वातावरण को आत्मसात करता आशुतोष जूता स्टैंड में जूते उतारकर मंदिर के प्रांगण में बनी मुंडेर पर बैठ गया। ज्यादा भीड़ नहीं लग रही थी। शादी वाली टोली भी ऊपर पहुंच कर बिखर गई लगती थी। वर-वधू को लेकर कुछ बड़े-बुजुर्ग, पुजारी के साथ मुख्य मंदिर में पूजा आरती में व्यस्त थे। पुजारी जी और साथ आए पंडित जी का समवेत मंत्रोचार वातावरण में खासा स्पंदन पैदा कर रहा था। दूल्हा हर 10-15 सेकंड बाद दुल्हन की तरफ देख लेता था। पीछे खड़ी महिला की किसी बात पर सब हंस पड़े। दुल्हन भी अपनी बड़ी सी नथ को हाथों में संभाले मुस्कुरा रही थी। वर वधु के चेहरे से प्रसन्नता टपक रही थी।

लेकिन आशु को कुछ और भी दिखा। और वह था—दोनों के चेहरों पर दमकता आत्मविश्वास। वह आत्मविश्वास, जो स्वीकारे जाने से आता है, अपनाए जाने से आता है। पी सी एस की लिखित परीक्षा पास करने के बावजूद आशुतोष जिसे जुटा नहीं पा रहा था। वह खुद को प्रेम में मिले धोखे से भी अधिक दु:खद स्थिति में पा रहा था। प्रेम में अगर व्यय है, तो पहले आय भी तो है! सबकी बात मान लेने के बावजूद उसे जो तिरस्कार मिला आशुतोष उसके दंश से दूर जाना चाहता था। यह ऐसा समय था जब उसे परिचित से ज्यादा अपरिचित माहौल की जरूरत थी। जहां किसी को उसके सुख-दु:ख से कोई सरोकार ना हो। आत्मविश्वास भी अजीब चीज है, कभी तो बोतल का ढक्कन खोलने भर से आ जाता है तो कभी मुश्किल परीक्षा पास करने पर भी नहीं आता।

आशुतोष को असहाय और बेबस सा लगने लगा। तो क्या उस लड़की को मुझ में एक भावी पदाधिकारी के अलावा कुछ भी पसंद करने लायक नहीं लगा?

अभी तक उसने लड़कियों को रिजेक्ट कर दिए जाने की अनेक कहानियां सुनी थीं। जिसमें लड़की को परंपरागत चाय का ट्रे लेकर पार्टी के समक्ष प्रस्तुत होना पड़ता था, और अपने सलीके, हुनर, सौम्य व्यवहार और सौंदर्य आदि से भावी ससुराल पक्ष को कन्वींस करना पड़ता था के उससे अच्छी लड़की आपके लड़के के लिए बनी ही नहीं है। थोड़ी बहुत झोलझाल लड़की का पिता दान दहेज में पूरी कर देता। उसने सोचा था कि वह ऐसी अमानवीयता कभी नहीं करेगा। लेकिन वह खुद भी कभी ऐसी स्थिति में आ सकता है, यह तो उसने कभी सोचा ही नहीं।

अंजू के शादी के लिए मना करने की वजह और समय, दोनों ही उसे एहसास करवा रहे थे कि सामाजिक रूप से उसकी कीमत दो कौड़ी की भी नहीं।

ब्राह्मण दक्षिणा वाला मंत्र जोर-जोर से पढ़ा जा रहा था। यह इशारा था जजमान के लिए के अब हमारा हिस्सा हमें दे दिया जाए। जेबों में हाथ डाले जा रहे थे, दोनों पंडित और पुजारी को दक्षिणा दान देने के बाद जोड़े ने आशीर्वाद के लिए माथा टेक दिया। एक हाथ से नोट जेब में रख दूसरे हाथ से पुजारी आशीर्वाद दे रहा था। दुनिया की जहालत पर अफसोस करते हुए आशुतोष ने मुंह फेर लिया। आखिरकार कोई यह कैसे मान सकता है कि हमारे जैसा ही एक आदमी हमें भगवान से डायरेक्ट, शुद्ध, खरा आशीर्वाद दिलाने की हैसियत रखता है?

मंदिर का प्रांगण खूब साफ और खुला खुला था। झक्क सफेद फर्श पर बच्चे उत्पात मचा रहे थे। तभी शादी वाली टोली ने एक अच्छा सा कोना पकड़ अपनी चादर बिछा दी। साथ लाए डब्बे पैकेट खोलकर दस्तरखान बिछाया जा रहा था। तभी एक फुर्तीला नौजवान पेड़ों की तरफ लपका और तिमुले के पेड़ से चौड़े चौड़े पत्ते तोड़ लाया। उसी को प्लेट बनाकर और थोड़ा सा मोड़ कर सकोरा बना खाना बंटने लगा। आशुतोष मंडली के क्रियाकलापों में इतना खो गया कि उसे महसूस नहीं हुआ कि मंडली के सदस्यों ने भी उसके ताड़ने को नोटिस में ले लिया है। एक बड़े से पत्ते मैं पूरी, मिठाई और कुछ अन्य चीजें लेकर जब एक बच्ची उसके सामने आ खड़ी हुई तो वह चौंक गया।

आशुतोष शर्मा गया "अरे नहीं मैं खा कर आया हूं"

तभी बुजुर्ग सी एक महिला ने बड़े स्नेह से कहा—

"ले लो बेटा प्रसाद को मना नहीं करते।"

आशुतोष ने झेंप कर पत्ता थाम लिया और उठकर मंदिर के पीछे की तरफ मुंडेर में बैठ गया।

मंदिर में सब तरफ छोटी-छोटी घंटियां बंधी थीं। साथ मैं थीं कुछ लाल गुलाबी चुनरियों से बंधी अर्जियां। ऊपर वाले के सामने झोली फैला कर आंख मूंद कर मांगना तो आम बात है, यह तो हर धर्म में होता है, लेकिन इस मंदिर में लोग

अपनी बात बकायदा लिखकर टांगते हैं। वह भी सिर्फ हिंदी में ही नहीं बल्कि दुनिया भर की भाषाओं में। आशुतोष को मन ही मन हंसी आ रही थी।

"हद है!! एकदम सरकारी दफ्तर बना रखा है। अर्जी दो, घूस दो, और इंतजार करो!"

टन...टन...टन...टन की आवाज हुई तो आशुतोष ने देखा एक सोलह सत्रह साल का लड़का चुनरी के साथ अर्जी बांध रहा है। लड़के ने जींस पहन रखी थी। लेकिन उसे टिकाए रखने में वह शारीरिक रूप से असमर्थ था। उसके टखनों और नितंबों की गोलाई में कुछ ज्यादा फर्क नहीं था। सो बेल्ट के आखिरी छेद का इस्तेमाल करने के बावजूद, पृथ्वी का गुरुत्वाकर्षण बेल्ट के कसाव पर भारी मालूम हो रहा था। आशुतोष को लड़के की दुर्दशा पर दया आने लगी। लेकिन उसने महसूस किया कि खुद लड़के को अपनी धृष्ट बेलगाम जींस से कोई खास शिकायत नहीं थी। हदों से नीचे जाती पेंट को उसने एक बार भी संभालने का प्रयास नहीं किया। लड़का हाथ जोड़कर कुछ बुदबुदा रहा था।

उसके मुड़ते ही आशुतोष ने देखा लड़के के चेहरे पर चिंताओं के बादल घुमड रहे हैं। हथेली से आंख के आंसू पोछ उन्हीं आंसुओं को जैल की तरह प्रयोग में लाकर लड़के ने सामने के बाल संवार लिए, जो बाकी बालों से कुछ स्पेशल, कुछ प्रथक रंग के थे। अंग्रेजों सी गोरी चमड़ी सब के नसीब में नहीं होती किंतु आजकल अंग्रेजों से सुनहरे बाल आसानी से पाए जा सकते हैं। सो अपने आंसुओं से सेट की गई सुनहरी जुल्फों को लड़के ने अपनी पतली गर्दन को जोरदार झटका देकर उचित स्थान पर पहुंचा दिया। और मंदिर की परिक्रमा करने निकल पड़ा।

आशुतोष संशय से लड़के की पेंट को निहार रहा था। जो हर कदम के साथ उतर जाने की धमकी दे रही थी। और लड़के को फिक्र थी तो सिर्फ अपनी सुनहरी कलगी की।

प्रसाधनों का उपयोग और साज-सज्जा कोई आजकल की बात नहीं। यह तो तब से चला आ रहा है जब मनुष्य के पास पहनने के लिए केवल पेड़ों की छाल, जानवरों की खाल और साज-सज्जा के नाम पर फूल-पत्तियां हुआ करती थीं। हर युग की अपनी शैली अपना अंदाज होता है। आशुतोष पुराने फैशन के बारे में सोचने लगा। राजेश खन्ना की लंबी कलमें, एक रंग की कमीज़ और पेंट, अमिताभ बच्चन के कनछुप्पा स्टाइल के लंबे बाल, बेल बॉटम, फूलदार कमीज़ें और लंबे नुकीले कॉलर। परंतु उस समय भी यदि कोई जांघों में पैंट बांधकर चलने का उपक्रम करता तो आशुतोष को अजीब ही लगता। लड़के के आंखों से ओझल होते ही आशुतोष को उसके द्वारा बांधी गई चिट्ठी पढ़ने की उत्सुकता हुई।

आखिर इस उमर और इस श्रंगार पिटार के व्यक्ति को क्या समस्या हो सकती है? कुछ देर तो लड़के के घूमते हुए वापस आ जाने के डर से आशुतोष बैठा रहा।

और जब वह आश्वस्त हो गया कि लड़का जा चुका है, तो वह प्रसाद के पत्ते को वहीं छोड़ आगे बढ़ गया, जिसे पास में ताक लगाए बंदर ने बड़े करीने से अपने एक हाथ में बैलेंस किया और बाकी तीन से कुंचालें मारता हुआ पेड़ में जा बैठा।

किसी की चिट्ठी पढ़ना बुरी बात है। उसने बचपन से यही सीखा था। किंतु पिछले दो दिनों के वज्रपात ने उसे विद्रोही बना दिया था। बचपन की सब सीखें, सदाचार, व्यवहार सब खोटे मालूम दे रहे थे। आशुतोष खड़ा होकर चिट्ठी पढ़ने लगा। वहां अनेकों और पत्र भी टंगे थे, कोई हिंदी में तो कोई बंगला, गुजराती आदि भाषाओं में भी थे। किंतु आशुतोष का ध्यान बस उसी पत्र ने आकृष्ट किया जिसके प्रेषक को उसने साक्षात देखा था।

लड़के का नाम संतोष बहुगुणा था। अर्जी में उसका पूरा पता, फोन नंबर और रोल नंबर भी लिखा हुआ था, ताकि भगवान उसके धोखे में किसी दूसरे का भला ना कर दें। आशुतोष को हंसी आ गई "कैसे-कैसे नमूने हैं इस दुनिया में।" उसने मोबाइल से अर्जी की एक फोटो ले ली अपने दोस्त नीरज को दिखाने के लिए।

आशुतोष ने अर्जी पढ़ना शुरू किया।

"पास करा देना गोल्जू! पेपर तो जैसे हुए हुएई! आपको तो पता ही ठैरा। क्या बताऊं...दिन में जैसे ही पढ़ने बैठा ट्विंकल का फोन आ गया। रो-रो के औरी कर रखा ठैरा उसने...आमा गुजर गई कहा उसकी। मैंने कहा मेरे पेपर हैं करके, ओरी बौई गई! "नहीं आओगे तब देखना "कहने लगी।

उसकी आमा को शमशान तक पुजा के आया गोलजू, दिल का मामला ठैरा! इजा को जाने कैसे पता चल गया मैं शमशान से आ रहा हूं करके। उसने एक लोटा गोमूत्र डाल दिया मेरे सिर में। पापा ने भी औरी धधोड़ दिया कहा। किसका पढ़ना! कैसा पढ़ना! गोमूत्र की बदबू से सारा मुंह पक गया ठैरा मेरा। रात सोचा अब पढ़ता हूं करके, लाइट ही चली गई। गोलजू, कुऽऽछ नहीं लिख पाया पेपर में। अब तुम ही कुछ चमत्कार करो महाराज, घंटी चढ़ाऊंगा। जय गोलू देवता!!!"

संतोष बहुगुणा ने अपने परीक्षा में असफल होने का सारा दोष केवल एक दिन, यानी परीक्षा से एक दिन पहले घटी घटनाओं के सिर मढ़ दिया था। जैसे अगर उसे उस वो एक दिन पढ़ने को मिल जाता तो वह महान पंडित बन जाता। आशुतोष के भीतर का शिक्षक गुस्से से पछाड़ें खाने लगा।

"स्साले सारा साल तो पढ़ते नहीं, और फिर ऐसे टुच्चे बहाने बनाते हैं के मन करता है कमीनों को पेपर में बैठने से पहले ही फेल का रिजल्ट पकड़ा दूं।"

मंदिर के पुजारी को पास आता देख आशुतोष थोड़ा संभल कर खड़ा हो गया। शायद उसने आशुतोष को चिट्ठी पढ़ते हुए देख लिया हो, शायद वह आपत्ति करें। तभी पुजारी पास आकर बोला—

"क्या पढ़ रहे हो आप। यहां तो ऐसे भोत लोग आने वाले ठैरे। न्याय का

दरबार हुआ ये।"

"और तुम ऐसे अंधविश्वासों को हवा देते हो, ताकि तुम्हारी दुकान चलती रहे!" आशुतोष ने मन ही मन सोचा।

"आओ पिठिया लगा लो पहले, परिक्रमा करते रहना बाद में।"

कहता पुजारी मुख्य मंदिर की तरफ बढ़ चला। आशुतोष ने प्रण किया कि वह पांच रुपए भी नहीं निकालेगा। चाहे पुजारी कितनी ही बातें क्यों ना बनाएं। मुख्य मंदिर में पुजारी ने उसे बैठने का इशारा किया।

"कोई रुमाल है तो ढक लो सिर, नी तो हाथ ही रख लो।

"आशुतोष ने अपने सर पर हाथ रख लिया। कुछ मंत्रोचार के साथ पुजारी ने उसके माथे में बड़ा सा लाल टीका लगा दिया। आशुतोष ने हाथ में पकड़े दोनों फूल थाली में रख दिए। थाली वापस रखते हुए पुजारी जी बोले

"घूमने आए होंगे नी आप?

आशुतोष उसे कुछ भी बताने के मूड में नहीं था सो टालने के लिहाज से उसने हां में सर हिला दिया।

"अरे यहां तो रोज ही आते हैं लोग अपनी अर्जियां लगाने दूर-दूर से"

बात को दक्षिणा से दूर ले जाने के लिहाज से आशुतोष ने पूछा—

"अभी कुछ देर पहले एक लड़का लगा रहा था वह चिट्ठी जिसे मैं पढ़ रहा था, संतोष नाम का।"

"अरेऽ संतोष! फाइनल हुआ ना उसका।" पुजारी जी संतोष को जानते थे।

"उसकी जींस"...आशुतोष ने कंफर्म करना चाहा कि वे उसी संतोष की बात कर रहे हैं

"अरे उसकी पेंट तो सदा बगी ठहरी। मैंने कितनी बार कहा इजाऽ... इसके बदले तू भलो-भल पेजाम क्यों नहीं पैरता लास्टिक डालके। तो 'यह तो लेटेस्ट फैशन है' कह कर निकल जाने वाला हुआ। वैसे और कोई व्यसन नहीं हुआ संतोष को। नहीं तो अत्तर गांजा की लत तो यहां आम हुई। सबकी मदद को तैयार रहता है संतोष। शादी, बारात, जनेऊ, नामकंद, भागदौड़ सब संतोष की हुई। मोटरसाइकिल हुई ना उसके पास! वैसे मोटरसाइकिल तो आजकल सभी के पास हुई, लेकिन काम के वक्त सब बहाना बना देते हैं होऽ... एक संतोष कबै नै नि कुन। मंदिर का भंडारा भी संतोष के जिम्मे ठहरा यहां।"

आधी हिंदी, आधी कुमाऊनी में संतोष का लेखा जोखा देते पुजारी जी मंदिर की संभाल भी करते जा रहे थे।

आशुतोष को समझ में आ रहा था कि मटरगश्ती आवारागर्दी में पड़े लड़के का मन पढ़ाई से उठ चुका है। पंडित जी अपनी रौ में बोले जा रहे थे,

"धिनाली भी तो खूब हुई इनके घर में। धिनाली समझते हो?"

जब आशुतोष ने ना में सर हिलाया तो पुजारी जी बोले

"गाय-भैंस। दो गाय हुई, दो भैंस। सुना है आजकल भैंस ब्या री। तो एक कटड़ा भी गिन लो। सब का चारा पानी संतोष लाने वाला हुआ अपनी मोटरसाइकिल में धरके। कुट्टी, सानी, पानी पिलाना, गोबर सारना, सब कर देता है कहाऽ! आजकल के लड़के नी तो, देखी रखा होगा आपने।"

आशुतोष कहना चाह रहा था रूप रंग से तो वह आजकल के लड़कों का रोल मॉडल लग रहा था।

"उसके बाल" ...बस इतना ही कह कर आशुतोष चुप हो गया।

"अरे हां!"

बाल का जिक्र आते ही पुजारी जी हो, हो कर हंसने लगे

"अरे वह एक लौंडा है नईम, उसका दोस्त, जब से उसने सैलून खोला है सारे प्रयोग संतोष पर ही करता है। एक बार तो इसका मुंह जलाकर 'बानर' जैसा कर दिया ठहरा उसने।"

"'सॉरी अंकल ब्लीच ज्यादा हो गई, ब्लीच ज्यादा हो गई' चिल्ला रहा था बल, जब बहुगुणा जी दोनों को धधोड़ रहे थे।" और पुजारी जी उस घटना को याद कर हंस-हंस बेहाल हो गए।

"एक दिन तो कान छिड़ा लाया नईम के सलून से। कुंडल भी ठैरा। उस दिन तो संतोष कि् इजा ने उसकी 'झाकरी' ऐसी लूछी...क्या बताऊं!! सुनहरे वाले बाल तो निकलने ही वाले थे। वह तो गांव वालों ने छुड़ा दिया। बरपंद में छेड़ते हैं ना कान। उस नईम ने कर दिया ठहरा इसका जनेऊ"

और पुजारी जी फिर हंसने लगे। उन्हें संतोष प्रकरण में खूब रस आ रहा था। किंतु उस हंसी में उपहास जरा भी नहीं था।

"ऐसा ही हुआ संतोष, किसी को ' ना' नी कह सकने वाला हुआ। सीधा ठहरा। जैसा जिस ने कहा, कर दिया।"

पीछे से श्रद्धालुओं को खड़ा देख आशुतोष हट गया। और पुजारी जी आरती की थाली उठा नवागंतुकों को टीका करने में व्यस्त हो गए।

आशुतोष मंदिर के किनारे बनी मुंडेर में बैठ गया जहां से खाई साफ दिख रही थी। खाई से उगे लंबे दरख़्तों का तना मंदिर की सतह तक पहुंच रहा था। यूं लगता था जैसे कोई दीवार के पीछे से उचक कर भीतर देखने का प्रयास कर रहा हो। बहती हवा बालों को सहला रही थी।

आशुतोष ने जेब से मोबाइल निकाला और अभ्यस्त उंगलियों ने उसे अपनी मंजिल तक पहुंचा दिया। अब वो ध्यान ना भी दे तो क्षण भर में वह इस प्रोफाइल में ही होता था। आशुतोष सरयू की प्रोफ़ाइल फोटो को बड़ा कर मुंडेर से टेक लगा

कर बैठ गया। जैसे कोई राहगीर पल भर सुस्ताना चाहता है घने दरख़्त के साए में। सरयू उसका निजी रहस्य थी। उसका निजी पाप। उसका निजी सुख। तपती दोपहरी में दो घूंट पानी।

सीढ़ियों से नीचे उतरते हुए आशुतोष सोच रहा था, आज का दिन तो बीत गया अब कल वह क्या करेगा? क्योंकि पेपर की जांच आदि तो परसों से ही शुरू होगी। जल्दी पहुंचकर आशुतोष ने हरीश के लिए परेशानी तो खड़ी कर ही दी होगी। लेकिन हरीश जी ने बड़े प्रेम से उसका यथोचित इंतजाम करवा दिया था।

रात का खाना आशुतोष ने हरीश जी के साथ उसके क्वार्टर में ही खाया। अगर उसे पता होता कि उन्होंने ऐसा इंतजाम किया है तो वह कहीं बाहर ही खा कर आ जाता। परंतु जब तक मालूम पड़ता बहुत देर हो चुकी थी। आशुतोष संकोच से भर गया। सच कहें तो उसे थोड़ा गुस्सा भी आ रहा था। लेकिन हरीश जी बार-बार जीने-मरने की कसम दे रहे थे, और उनके जोर देते वक्त शरीर को अष्टावक्र की भांति मोड़ देने के दबाव का आशुतोष सामना न कर पाया।

घर का बना सुंदर सुपाच्य पहाड़ी खाना, शायद आशुतोष को अभी यही चाहिए था। खाना खाकर आशुतोष अपने कमरे में लौट आया।

यात्राओं से हम कुछ भूलते नहीं, ना ही अपने हालात बदल पाते हैं, बस वस्तु स्थिति को ठीक-ठीक देखने के लिए दूर चबूतरे पर जा बैठते हैं। एक दूसरे कोण से' एक दूसरी रोशनी में जिंदगी को परखने के लिए।

कभी-कभी आशुतोष का मन करता है कहीं नहीं जाए। बस मां की गोद में सर रख कर लेटा रहे देर तक। उसकी सूती, बार-बार धुली मुलायम धोती में मुंह ढक कर बस पड़ा रहे। ऐसे में मां उससे कुछ नहीं पूछती थी। कभी-कभी उसकी आंख से 1-2 आंसू गिर कर मां की टांगों को गीला भी कर देते, तब भी वह धीरे-धीरे उसके बाल सहलाते हुए उसे कोई पुराना किस्सा सुनाती, अपनी जिंदगी से या अपने आस-पड़ोस से। जिसको सुनते सुनते आशुतोष बीच में कुछ पूछ बैठता, और खुद ही महसूस करता के तमाम किस्से कहानियों की नाल से बांधकर मां उसे अवसाद से दूर ले गई है।

मां उसके शांत चेहरे को देखती और पूछती "सेवई खाएगा?" और दुनिया के झमेले, दुनिया के मेले बन जाते। कसक कम हो जाती और प्रतिरोधक क्षमता ज्यादा।

कमरे में अकेले लेटे आशुतोष की आंखों के सामने मंदिर में लटकी असंख्य अर्जियां फड़फड़ाने लगीं। और साथ ही याद आई निदा फ़ाज़ली की वह ग़ज़ल-

कभी किसी को मुकम्मल जहां नहीं मिलता, कहीं जमीं तो कहीं आसमान नहीं मिलता।

उसने भले ही उन चिट्ठियों को ना पढ़ा हो फिर भी वह उन में छिपे दर्द को

महसूस कर सकता था। अचानक पी सी एस का असफल प्रयास और अंजू की अमानवीय स्वार्थपरता कम खल रही थी।

आशुतोष ने समय देखने के लिए कलाई पर नजर डाली तो घड़ी नदारद थी। उसे याद आया बंदरों से बचाने के लिए उसने घड़ी और मोबाइल मंदिर की सीढ़ियां चढ़ते हुए जेब में रख लिए थे। तुरंत उठकर आशुतोष ने जेब चेक की घड़ी वहां भी नहीं थी। कहां गई घड़ी? जरूर गिर गई लगता है। एक और नुकसान। लेकिन गिरने की आवाज तो होनी चाहिए थी! आशुतोष उधेड़बुन में लग गया। जरूर मोबाइल निकालते हुए, या जब वह पुजारी जी से टीका लगवाने मंदिर के द्वार पर बैठा था, हां, शायद वहीं जेब से फिसल गई हो, इसलिए आवाज भी नहीं हुई। आशुतोष को अपनी लापरवाही पर खीज हो आई। अब तो मिलने से रही। कहां सोच रहा था कि पांच रुपए भी नहीं चढ़ाएगा, कहां घड़ी दान कर आया।

आशुतोष ने मोबाइल में समय देखा और उसकी अभ्यस्त उंगलियों ने उसे फिर से सरयू के सामने बिठा दिया। सरयू उसकी फेसबुक में फ्रेंड नहीं थी। आशु बस इतना जानता था कि वह एक कवियत्री थी, और किसी की वॉल में लिखी उसकी कविता और उसके मायावी चेहरे ने उसे बांध लिया था। तब से आशुतोष सरयू का लिखा पढ़ने, और उसकी एक झलक देखने के लिए फेसबुक नियमित रूप से देखने लगा। इसे शायद स्टॉक करना कहते हैं, लेकिन आशुतोष को यह शब्द बेहद नागवार था, क्योंकि उसे कोई उम्मीद नहीं थी, कोई अपेक्षा नहीं थी, सरयू तो उसके बाग का एक फूल थी जिससे बस एक यही उम्मीद होती है कि वह आबाद रहे। आशुतोष की नजरें सरयू की आंखों से होती हुई उसके होठों पर ठहर गईं। जिस में दबी पेंसिल उसे मंटो का फेमस पोज़ याद दिला रही थी ऊपर के होंठ कुछ ज्यादा गहरे रंग के थे, और नीचे के हल्के गुलाबी और मुड़ी हुई पंखुड़ी का उभार लिए हुए। पेंसिल पर पड़ता होठों का दबाव आशुतोष की धड़कनें बढ़ाने लगा। उसने धीरे से करवट लेकर आंखें बंद कर लीं।

सुबह आशुतोष पशोपेश में था।

"क्या घड़ी के खोने के विषय में हरीश जी को बताया जाए?" खामखां तमाशा बन जाएगा। वह उनकी और परेशानी नहीं बढ़ाना चाहता था। चाय पी कर उसने खुद ही मंदिर का एक चक्कर लगाने की सोची। शायद घड़ी कहीं पड़ी हुई मिल जाए। मंदिर पहुंचकर आशुतोष की रही सही आशा भी जाती रही। दिन की शुरुआत देवदर्शन से करने वाले श्रद्धालुओं का खासा जमावड़ा था। आशुतोष ओने-कोने में नजरें घुमाता घूमने लगा। मन में सोच रहा था घड़ी यदि किसी बंदर के हाथ आ गई होगी तो फिर भी मिलने का चांस है, लेकिन कहीं किसी इंसान को मिल गई, तो फिर तो गई समझो। सभी संभावित जगहों पर तलाशने के बाद आशुतोष थक

हार कर बैठ गया। वह जहां बैठा था वहां से मुख्य मंदिर साफ दिखाई दे रहा था।

पंडित के सामने बैठा जोड़ा कोई पूजा करवा रहा था। गोद में नवजात शिशु को देखकर आशुतोष ने अंदाजा लगाया कि यह पूजा उसी के लिए होगी। बगल में एक पांच-छह साल की छोटी बालिका खड़ी थी, जो शायद उनकी पहली संतान थी। बालिका अवश्य ही खीजी हुई थी। वह पूजा में व्यस्त माता-पिता को लगातार ठोके जा रही थी। कभी मां की पीठ मुकियाती, तो कभी पिता को धक्का देकर उठाने का प्रयास करती। बीच-बीच में उसका ऊंचा स्वर पंडित जी के मंत्रोचार को भी दबा देता। मां ने गोद में पकड़े शिशु को आगे किया। पंडित जी उसे टीका करने लगे। बच्ची का सुर और चढ़ने लगा। तभी पंडित जी बोले—

"अरे! तू तो देवी है, देवी थोड़े ना रोती है। इधर आ, इधर आ।"

और बच्ची को खींचकर गोद में बिठा लिया। लेकिन बच्ची संभाले नहीं संभल रही थी। पंडित जी ने चढ़ाए गए मिठाई के डब्बे से एक बड़ा सा लड्डू उसके हाथ में रख दिया। और बोले

"देख अभी तेरे लिए क्या रखा है मैंने।"

बच्ची आब काफी शांत लग रही थी। पुजारी जी ने उसे बगल में बिठाया, और पीछे रखे कपड़ों की पोटली से एक सुंदर सी चुनरी निकाल कर उसके सर में उढा़ दी। चुनरी काफी बड़ी थी। बच्ची लगभग पूरी ही ढ़क गई। बस दिख रही थी तो उसकी आंसुओं से धुली आंखें, और चमचमाता मुंह।

"अरे देखो तो कैसी देवी जैसी लग रही है!"

पंडित जी बोले,

"आ तुझे टीका लगा दूं।"

मां बाप भी कुछ क्षण के चैन से खुश थे। टीका लगाए बच्ची अपने काली रूप से गौरा रूप में आ चुकी थी। मां-बाप प्रणाम करके उठ गए। और बच्ची अपनी चादर जैसी गोटा लगी चुनरी ओढ़े लड्डू खाते हुए माता-पिता के पीछे-पीछे चल पड़ी।

तभी पुजारी जी की नजर आशुतोष पर पड़ी।

"अरे आप आज भी आए हैं? क्यों कुछ रह गया क्या आपका।"

पुजारी जी के पूछने के ढंग से आशुतोष को संदेह हुआ, बोला—

"कल मैंने अपनी घड़ी कहीं गुमा दी, सोचा शायद यहां गिरी हो।"

"अरे मुझे तो पहले ही लगा था, आपकी ही होगी।"

पुजारी जी ने घड़ी निकालकर सामने रख दी। आशुतोष मन ही मन कृतज्ञता से भर गया।

"धन्यवाद बहुत-बहुत मैंने तो उम्मीद ही छोड़ दी थी।"

"आप यहां बैठे थे ना कल, यहीं मिली मुझे।"

कहकर पुजारी जी ने आशुतोष को माथा आगे करने का संकेत किया, टीका

लगाकर झट हाथ में प्रसाद रख दिया।

सेंटर में परीक्षा कॉपी जांचने का आज पहला दिन था। कमरे में अपनी टेबल पर बैठे शिक्षक दिए गए बंडलों को खोल रहे थे। जांच के लिए कौन सी कॉपी कहां जाएगी, यह किसी को पता नहीं होता। एक बार जंचने के बाद कॉपी दोबारा जांची जाती, ताकि कोई गलती ना हो। दो एग्जामिनर के द्वारा जंची कॉपी जमा हो जाती। उसके बाद ही शिक्षक सेंटर से बाहर जा सकते हैं। शांत माहौल में काम हो रहा था। यदा-कदा बच्चों की कॉपी से निकल रहे सौ, दो सौ के नोट कमरे का माहौल हल्का कर देते।

"अरे मिश्रा जी अकेले ना गटक जाइएगा, फ्लैट हमको भी खरीदना है भाई!" पांडे जी बोले। मिश्रा जी दो सौ रुपए चमकाते हुए बोले "अरे फिक्र क्यों करते हैं पांडे जी, सो-सो के दो नोट हैं, इसमें तो पेंटहाउस आ जाएगा।"

हंसी ठट्ठे में थोड़ी देर माहौल हल्का हो जाता। तभी कोई गुस्से से चिंघाड़ा,

"यह देखो हरामियों को! सालों को साल भर बिना पानी बरसात देखे पढ़ाओ, और यह हमसे मज़ाक करते हैं!!"

श्रीवास्तव सर सच में नाराज़ लग रहे थे।

"क्या हुआ सर?"

मिश्रा सर ने पूछा। श्रीवास्तव सर हिंसा के मूड में थे।

"यूनिफॉर्म मोशन और नॉन यूनिफार्म मोशन का डिफरेंस पूछा है, तो लिख रहे हैं 'एक बार मैंने स्कूल के कपड़ों में पॉटी कर दी थी, वह था यूनिफॉर्म मोशन, और घर में जब मैं चड्डी उतार कर पोटी करता हूं तो उसे कहते हैं—नॉन यूनिफार्म मोशन।"

श्रीवास्तव सर का तमतमाया चेहरा देखकर किसी को भी जोर से हंसने का साहस न हुआ।

"यह बच्चे नहीं पाप हैं पाप!"

और श्रीवास्तव सर काफी देर तक बड़बड़ाते रहे।

कॉपी चेक करते-करते आशुतोष ठहर गया। प्रश्नों के उत्तर के बीच छोटे-छोटे अक्षरों में गोलू देवता को लिखी उसी अर्जी की नकल थी। नाम, पता रोल नंबर, और पास करा देने की दरख्वास्त।

लड़के का पास होना मुश्किल था। पुरा निचोड़ लेने के बावजूद 33 परसेंट आना नामुमकिन था। वैसे शिक्षकों को यह निर्देश होता है कि जितना संभव हो बच्चों को पास कर दिया जाए, लेकिन संतोष बहुगुणा असंभव की श्रेणी में आता था। आशुतोष मन ही मन हंस पड़ा।

"भगवान ने तेरे साथ मजाक ही कर दिया बेटा! जो तेरी कॉपी मेरे जैसे के पास आई।"

आशुतोष की नजरों के सामने सुनहरी कलगी और बहती जींस लटकाए संतोष घूम गया। और दिखने लगीं हवा में फड़फड़ाती तमाम अर्जियां।

हजारों अर्जियां,
हजारों दुख,
हजारों उम्मीदें,
हजारों पुकार।

उसे दिखाई दिया दोस्त के प्रयोगों की मार झेलता संतोष बहुगुणा, जो सबके पुकार की हद में था, बिना किसी अर्जी के।

उसे दिख रहा था—सुदूर पहाड़ों में बना वह छोटा सा मंदिर, जो आस्था की डोर बांध कर तिनकों को बिखरने नहीं देता।

उसे दिख रहे थे चीड़ और देवदार के मजबूत वृक्ष, जो बिना सहारे अतल गहराइयों से उग आए हैं, भुरभुरी मिट्टी को थामने, और अपने कंधों में कोमल लताओं को बिठाकर झूला झुलाने।

उसे याद आती है अपनी मां की गोद का एकाधिकार छिन जाने से दुखी एक छोटी बच्ची...लाल चुनरी...और बिना अर्जियों के संवेदनाएं बांटता एक पुजारी।

आशुतोष ने अपना ध्यान वापस उत्तर पुस्तिका की तरफ लौटाया।

"ना! पास होने के कोई आसार नहीं।"

कुछ देर सोचने के बाद उसने पहले से जांची जा चुकी एक कॉपी निकाली, और सबसे ज्यादा मार्क का न्यूमेरिकल संतोष की कॉपी में उतारने लगा। घूमते हुए एचएम उसकी कुर्सी पर आकर रुक गए।

"रिश्तेदार?" एच एम ने पूछा।

आशुतोष ने ना में सिर हिलाया। कुछ क्षण दोनों एक दूसरे को देखते रहे, फिर एच एम धीमे से आगे बढ़ गए।

नीचे टैक्सी रुकी हुई थी, और आशुतोष मंदिर के प्रांगण में बैठा एक कागज के पन्ने पर कुछ लिख रहा था। एक अर्जी। लेकिन ये अर्जी किसी ऊपर वाले के लिए नहीं थी, ये अर्जी दुनिया की सुंदरता में उसकी आस्था का उत्सव थी। उन कागजों के फड़फड़ाने से उपजी ऊर्जा को वह महसूस कर रहा था।

असंख्य अर्जियों के बीच अपनी अर्जी टांग, संतोष वापस बैठ कर जूते मोजे पहनने लगा। तभी उसने देखा, उसकी लिखी अर्जी तीन लड़कियां झुंड बनाकर पढ़ रही हैं। आशुतोष पर नजर पड़ते ही उनकी मुस्कुराहट हंसी में बदल गई। आशुतोष भी मुस्कुरा पड़ा। उसने जवाब में हंसते हुए हाथ हिलाया और मंदिर की सीढ़ियां उतरने लगा।

रिक्त स्थानों की पूर्ति

क्या करती रहती हो घर में सारा दिन?

लो धडाम!! फिर वही घातक प्रश्न, जिससे बचने के लिये मैं हफ्तों घर में दुब्के रहती हूं।

यूं तो कोई भी दस-बीस हज़ार रुपए महीना कमाने वाली महिला यह प्रश्न पूछ्ने की योग्यता रखती है, किंतु मिसेज शर्मा की तो बात ही कुछ और थी। हम सब घरेलू महिलाएं उन्के दीप्तिमय व्यक्तित्व से कुछ दबा हुआ सा महसूस करतीं थीं। हमारी बातों का दायरा कितना सीमित, कितना दोहराव लिये है, यह हमने मिसेज शर्मा की उपस्थिति मैं ही जाना था।

कालोनी के सामुहिक कार्यक्रमों में "और सब ठीक है?" कह वे जल्दी ही हम सब 'कड़्छी-बेलन धारिणियों' से मुक्ति पा, अपने जैसे जागरूक और सचेत लोगों में शामिल हो जातीं।

एक दो बार मैंने मिसेज शर्मा की देखा-देखी इस दल में घुस्पैठ की कोशिश भी की। क्योंकी बाकी पुरुषों की तरह मेरे पतिदेव भी इस अंतर्राष्ट्रीय जागरूक दल में मोजूद होते थे। लेकिन जब तक मैं वार्तालाप का कोई छोर पकड़, उसमें एक-आध फंदे डाल पाती...बातें दलाल स्ट्रीट से होती हुई राजनीति के गलियारों तक पहुंच गर्मा जातीं। और मैं उन गलियों में खोए हुए बच्चे की तरह एक चेहरे से दूसरे चेहरे को ताकती, मुंडी झुलाती रह जाती।

विषय की जानकारी एक बात है, उस पर अपने विचार व्यक्त करना, और वो भी चार लोगों को रोक कर!! ऐसा तो मैं सुबह से शाम तक अखबार चाट कर भी नहीं कर पाती थी भाई!!

मिसेज शर्मा की आंखों के अजीब से भाव पढ मै वर्त्मान में लौटी, और अपने उत्तर की व्यर्थता पर खुद ही झेंप गई।

"वही घर की साफ-सफाई, बच्चों का स्कूल" ...और अनगिनत बेनामी लेकिन समय खाऊ कामों की सूची बनाते-बनाते मैं चुप सी हो गयी। अब फीकी सी हंसी से अपने उत्तर में वजन डाल रही हूँ।

मिसेज शर्मा नहीं हंसी।

"अरे भई ये तो रोज के काम हैं, जरा बाहर निकलो, हाथ पैर हिलाओ, जॉब नहीं भी मिले तो समाज सेवा ही करो, आज की औरत कहां की कहां पहुंच रही है।" मैं तो कहती हूँ अपने मुंह में तो पशु पक्षी भी कौर डालते हैं, दूसरों के लिए कुछ करो तो इंसान कहलाओ।"

खुद को पशु पक्षी की श्रेणी में पाकर मुझे आगे कुछ कहने का साहस न हुआ। बच्चों के स्कूल की अजीब सी समयसारिणी भी मुझे नहीं बचा पाएगी, यह मैं जानती थी। फिर भी "एक का सुबह का, और दूसरे का दोपहर का स्कूल है।" कह कर मैंने अपना पक्ष रखने की कमजोर सी कोशिश की।

"अरे तो क्या हुआ" मिसेज शर्मा बोलीं "बेटी तो अब छठी में है, ग्यारह साल की लड़की क्या घर में अकेली रह नहीं सकती?"

खिन्न मन से अपने निरुदेश्य जीवन पर दुखी होती मैं घर लौट आई।

रवि और बच्चे रात के कपड़े बदल रहे थे। सबके कपड़े पलंग से उठा कर मैं तह लगाने लगी।

रवि बोले "आज शर्मा जी मिले थे, बता रहे थे उनकी मिसेज अनाथ आश्रम के लिए कुछ सामान जमा करवा रही हैं, तुम भी क्यों नहीं करतीं कुछ उनके साथ?"

फिर वहीं घातक प्रश्न अपना रुप बदल कर सामने आ गया। झाड़ू और बरतन सिर्फ यही दो काम तो नहीं होते ना घर में, फिर भी मेरे घर के रखरखाव का सारा श्रेय मेरी बाई ले जाती है। बच्चों के चमचमाते रिपोर्ट कार्ड माउस को राइट क्लिक करके तो नहीं आते, स्वस्थ और प्रसन्न बच्चे सुस्वादु और पौष्टिक भोजन से बनते हैं, और स्वाद एवं पौष्टिकता का मेल करना आसान नहीं होता, इन सबके बाद भी मुझे "कुछ" करने की सलाह दी जाती है।

"लेकिन यह काम तो हर महिला करती है" रवि बोले,

मैं चुप!! ठीक है, मैंने समाज सेवा करने का फैसला किया।

घर के काम से उबी हुई, समाज सेवी गृहणियों के दल में मैं भी शामिल हो गई।

बड़े-बड़े कार्टंस में सबने अपने घरों से लाया सामान भर दिया। ऊनी, सूती, छोटे-बड़े, जोड़ी दार, बिना जोड़ी वाले भिन्न भिन्न प्रकार के कपड़े, जिनमें बस एक समानता थी, कि वे सब अवांछित थे। कुछ कापी-किताबें, कलमें और चाकलेट भी साथ ले ली गई थीं।

रंजना कह रही थी "मुझे तो बताया गया था कि करीब दो सौ तो बच्चे ही हैं आश्रम में" मैंने तो डाली और सोनू के कपड़े निकाल हैं, सब अच्छे-अच्छे हैं। हमारे बच्चे तो अंडरगार्मेंट्स भी लिलिपुट और जेप के पहनते हैं।"

सन स्क्रीन का कवच धारण किए, रंगे पुते चेहरे अपनी दानवीरता की उष्मा से और लाल हो उठे थे। इतना उत्साह देख कर अच्छा भी लग रहा था। आखिर दुनियां इतनी बुरी भी नहीं है, कितने खुश हैं सब दूसरों की मदद करने में।

आश्रम पहुंचते ही एकाएक कोलाहल शांत हो गया।

दानियों के चेहरे याचकों की कुम्हलाई हुई कायाओं से बिल्कुल भिन्न थे। जैसे दो अलग-अलग प्रजातियां हों। काली गड्ढे में धंसी अनगिनत आंखें से आंखें मिलाने में मुझे साहस की आवश्यकता हुई। पहली बार मिसेज शर्मा के लिए मन में सम्मान जागा। आखिर वे जरुरतमंदों के इतने करीब तो पहुंचीं, जहां से हाथ बढ़ा कर उन्हें मदद दी जा सके।

कुछ देर प्रतीक्षा करनी पड़ी।

क्यूं? अरे भई कुछ पत्रकार आने वाले थे। इस ट्रेफिक में कहीं फंस गए बेचारे। उनके आते ही लाया हुआ सामान बांटने का कार्यक्रम शुरु हुआ।

हमारी अवांछित वस्तुओं के लिए लालायित बच्चों को देख कर कुछ शर्म भी आई। पर शीघ्र ही हम पत्रकारों के आदर्शवादी प्रश्नों के आदर्शवादी उत्तर खोजने में व्यस्त हो गए।

आज हम सब मिसेज शर्मा के किरदार में घुसकर उस महत्व का रसास्वादन करना चाहते थे, जिसे हमने बस दूर से ही ठंडी आहें भरते हुए महसूस किया था।

सामान वितरण में खासा समय लगा। क्योंकि बीच-बीच में तस्वीरें भी लीं जानीं थीं। कोई भी महिला तस्वीरों से वंचित नहीं रहना चाहती थी। तस्वीरों के लिये विभिन्न कोणों, एंगलों का सुझाव देती समाजसेवी महिलाओं की रचनात्मकता अपने चरम पर थी।

बस ज़रा बच्चों को यह समझना मुश्किल हो रहा था कि सामान मिलते ही भागना नहीं है, थोड़ा ठहर कर कैमरे की तरफ देखकर मुसकुराना भी है।

इसके उपरांत, संस्थापाकें ने हम सब विशाल ह्रदयी, और उससे भी ज़्यादा विशाल शरीर की स्वामिनियों के लिए जलपान का आयोजन किया था।

मसाला चाय, समोसों और मुलायम गुलाब जामुनों में हम स्वार्गिक आनंद का अनुभव कर रहे थे।

अचानक आश्रम के कोने में नजर गई, हाथ में संटी लिए एक संस्थापक पुराने कपड़े पकडे बच्चों को संबोधित कर रहा था—कि अगर हमने कुछ बचा दिया तो आधा-आधा समोसा सब को मिलेगा, अचानक जामुन कड़वा हो गया।

"आज बड़ा मजा आया ना!!" अपने दान और श्रम से संतुष्ट महिलाएं एक दूसरे से आंखें चमका-चमका कर पूछ रही थीं।

"लेकिन अबी लेट हो गया रे" मीता बोली, "ये भी आते ही होंगे, मैं तो अब कुछ नहीं खाउंगी, बहुत पेट भर गया। लेकिन मियांजी और बच्चों के लिए तो बनाना ही पड़ेगा ना"

सीमा ने चुटकी ली "छोड़ यार! आज मैगी खिला देना मैं तो यही करुंगी, थक गई बहुत, कौन बनाएगा खाना।"

सब चलने को तत्पर थे लेकिन मिसेज शर्मा देर कर रही थीं। उनका शॉल नहीं मिल रहा था।

"हिमाचल से लिया था, इसी बार" मिसेज शर्मा बोलीं "जाने कहां चला गया, पर्स के बाजू में ही रखा था।"

आश्रम में ढूंढ मच गई। अचानक एक लड़की बोली "दीदी जी ये बिन्नी के पास है।"

एक सात आठ साल की दुबली पतली बिन्नी, कोने में मिसेज शर्मा का शॉल पीछे छुपाए खड़ी थी। पकड़े जाने से थर-थर कांपता उसका शरीर आने वाली विपदाओं की प्रतीक्षा कर रहा था।

"चटाक।"

एक जोर का चांटा उसकी कल्पनाओं को वास्तविकता का जामा पहना गया।

मिसेज शर्मा अग्नेय नेत्रों से उसे घूरे जा रही थी।

"इतने कपड़ों से मन नहीं भरा!! चोर कहीं की!! हमारा सामान उठाती है!! मिसेज शर्मा की आवाज की कम्पन को हम सब अपने भीतर महसूस कर पा रहे थे।

वापस लौटते हुए मैं यह सोच रही थी—कि ये चांटा उस सात साल की बालिका को संयम सीखा देगा, आखिर उन्हीं बच्चों को तो मिलेगा ये शॉल कुछ साल बाद, जब इसमें छेद हो जाएंगे या रंग कुछ फीके पड़ जाएंगे। तब क्या वह पांच दस साल इंतजार नहीं कर सकती?

मैं हर रोज़ अपनी दिनचर्या विस्तार से अपने पति को सुनाती हूँ, आज भी सुनाउंगी, देखना वे बहुत खुश होंगे, आखिरकार मैं भी अब मिसेज शर्मा की तरह "कुछ" कर रही हूँ।

मुक्ति

कांख में पर्स दबाए, थोड़ा सा झुककर, रेनू कांच के भीतर रखी मिठाइयों को देख समझ रही थी।

"यह कितने की है?"

काउंटर के पीछे लाल और काली यूनिफॉर्म में सजा लड़का बोला—

"डेढ़ हजार रुपए किलो।"

थोड़ा आगे बढ़कर रेनू ने चमेली के फूल जैसी दिख रही मिठाई की ओर इशारा करते हुए पूछा "और यह ?"

लड़का बोला—

"पैंतीस सौ।"

रेनू सीधी होकर फिर पूछ बैठी

"पैंतीस सौ रुपए किलो?"

लड़का थोड़ा खीजा हुआ लगने लगा।

"जी मैडम," मिठाइयों के दाम टैग के साथ ही लिखे हैं, प्रति किलो के हिसाब से।"

रेनू को एकाएक एहसास हुआ कि वह काफी दिनों बाद मिठाई की दुकान पर आई है। और इस तरह की दुकान पर तो शायद पहली बार ही आना हुआ था। कोई भी मिठाई अपने पारंपरिक वेशभूषा में नहीं थी। साथ में लिखे नाम भी सुने हुए नहीं लग रहे थे। इस दुकान में जब 'हम्बल' से बेसन और मोतीचूर को ढूंढने निकली तो वह भी खासे सजे-धजे मिले। नई धज ने दाम भी काफी बढ़ा दिए थे। तभी रु 75 रसमलाई देख रेनू सकते में आ गई।

"भैया यह रसमलाई?"

"मैडम वह पर पीस है।"

लड़के ने जवाब दिया।

"ओह!"

रेनू बस इतना ही कह पाई। लड़का समझ चुका था कि रेनू रसमलाई भी

किलो के भाव समझ रही थी। रेनू को खुद पर गुस्सा आने लगा, अब तक तो उसे समझ ही जाना चाहिए था कि ऐसी जगह पर रसमलाई क्या .75 किलो मिलेगी? एक बात और रेनू की समझ में आ रही थी कि कुछ खरीदना ना भी हो तब भी चीजों के दाम मालूम करते रहना चाहिए। कम से कम ऐसी गधे वाली फीलिंग से तो बचा जा सकता है!

रेनू को जब कभी मिठाई की जरूरत पड़ती, वह कमल को बोल देती।

"सुनो, आधा किलो ताजी मिठाई लेते आना।"

वह पूछते "कौन सी?

तो कह देती—

"जो भी अच्छी दिखे ले आना," और समोसे भी।"

कमल पूछते

"कितने समोसे"

तो रेनू मेहमानों और घर वालों का हिसाब लगाकर संख्या बता देती।

गुप्ता स्वीट्स एकदम नुक्कड़ पर ही थी। तो घर पहुंचने पर भी समोसे अपनी गर्मी नहीं खोते थे। गुप्ता जी की मिठाइयों से कभी पेट में तकलीफ भी नहीं हुई थी, तो ठीक ही चल रहा था। लेकिन एकाएक त्योहारों से ऐन पहले नकली मावे, नकली घी की खबरों ने एक खास वर्ग के लोगों में सामाजिक चेतना जगा दी थी। अब "कौन सी मिठाई है?" के बदले "कहां से आई है?" पर ज्यादा तवज्जो दी जाने लगी थी। यही कारण था कि रेनू को अपने गुप्ता जी को छोड़कर मिठाई खरीदने इस बड़ी दुकान में आना पड़ा। अब सुमन के घर जाना है तो मिठाई भी अच्छी जगह से ही लेनी पड़ेगी ना।

सुमन उसके बचपन की सखी थी। एक ही उम्र, एक ही मुहल्ला, एक ही स्कूल, काफी था दोनों को एक करने के लिए। इसलिए दोनों के पिताओं का सामाजिक स्तर भी उनकी दोस्ती में फर्क ना ला सका। सुमन का घर बड़ा, पिता का पद बड़ा, नौकर चाकर वाला हलचल भरा संसार रेनू के घर की शांति से कतई मेल नहीं खाता था। जहां पिता किताबों में और मां रसोई में खोई रहती थी। दोनों एक दूसरे के घर समय-असमय आ-जा सकती थीं।

"रेनू आज चाची क्या बना रही है?"

"कढ़ी चावल"

जवाब सुनकर सुमन मचल उठती

"हाय! आ जाऊं मैं भी?"

"तुझे ही तो बुलाने आई हूं"

रेनू कहती

"तो चल ना पहले खाते हैं। पढ़ाई बाद में, पढ़ाई बाद में" कहती सुमन किताबें बंद कर देती, और दोनों दौड़ पड़ते रेनू के घर।

खीरे-प्याज के सलाद के साथ मिर्च का अचार, और पकोड़े वाली कढ़ी चावल को तन्मयता के साथ खाती सुमन को देख कर भी रेनू भीतर कहीं जानती थी के सुमन इस सरल से खाने के लिए अपने घर का मैन्यू नहीं बदलना चाहेगी। उसके घर में कढ़ी चावल एक पारंपरिक महाथाली का अंश हो सकता था, किंतु संपूर्ण भोजन कतई नहीं।

सुमन के पिता को खाने पीने का शौक था, सो खानसामा भी तबीयत का लाए थे। जो मुगलई पकवानों के बाद, तुर्की डेजर्ट से मालिक को रिझा देता। किसी पाश्चात्य डिश को सामने रख उसका परिचय इस तरह करवाता जैसे किसी 'ऑनरेरी गैस्ट' से मिलवा रहा हो। सूप से लेकर मीठे तक की अलग-अलग कटलरी से सजा सुमन का डाइनिंग टेबल, रेनू को आतंकित कर जाता था। कोर्सों और कायदों से बना सुमन का दस्तरख्वान रेनू के 'वन कोर्स मील' से बिल्कुल भिन्न था।

अपने घर में तो रेनू सब कुछ एक ही प्लेट में डाल ऊपर छत पर भाग जाया करती, और खाना खत्म कर बचे हुए खाने को प्लेट में ही छोड़ दूर बैठ देखती रहती। थोड़ी ही देर में चिड़िया, कबूतर, कौवे थाली पर धावा बोल देते। यह रेनू का पसंदीदा दृश्य था। कई बार सुमन भी उसके साथ होती, तब भी रेनू महसूस करती कि उसकी जिंदगी सुमन के लिए सिर्फ एक 'विलेज सफारी' भर है, जो मनोरंजन तो हो सकता है, पर जीवन नहीं। सुमन का लाड़, और उसके माता-पिता के प्रेम भरे सत्कार के बावजूद रेनू अतिरिक्त भार से मुक्त नहीं हो पाती थी।

"सब कुछ ठीक तो है" रेनू मन ही मन सोचती

"संपन्नता कोई ऐब नहीं, और ना ही हैसियत का अंतर जुर्म, तो फिर यह क्या है जो मेरा दिल डुबोता रहता है। मुझे जलन नहीं होती, तो क्या यह हीनता का एहसास है?"

रेनू उधेड़बुन में लगी रहती।

अपने-अपने संसारों को खेते सुमन और रेनू भी चल पड़े जिंदगी के सफर पर, और आज इतने सालों बाद सूरत निकली है मिलने की। अब एक अच्छी सी मिठाई पैक करवाना रेनू की तत्कालीन प्राथमिकता थी।

रेनू कांच के भीतर से झांकती बाकी मिठाइयों की पड़ताल में लग गई। लेकिन उसे यह आभास हो चुका था कि हर मिठाई का दाम पूछना ठीक नहीं। काउंटर का लड़का खीजा हुआ था, और अगर उसने पूछने पर भी जवाब न दिया तो खामखां बेज्जती हो जाएगी।

रेनू ने पर्स टटोलकर चश्मा निकाला, और खुद ही एक-एक मिठाई का नाम और दाम पढ़ने में जुट गई।

“यह कौन सी मिठाई है भाई!! ना तो नाम सुने लग रहे हैं, ना ही शक्ल पहचानी जा रही है। और दाम पढ़ने पर तो खुद ही नजरें झुकी जा रही हैं। जिन मिठाइयों को मुंह में रखने की औकात ना हो, उनसे नजरें मिलाने में साहस चाहिए के नहीं?”

जहां बेसन के लड्डू भी सोने चांदी के मुकुट लगाए विराज रहे हों, वहां पर्स में पड़े नोटों से लेकर चिल्लर तक, सब के सहयोग की जरूरत पड़ सकती है। अभी रेनू कांख में दबे पर्स और मिठाइयों का हिसाब बिठा ही रही थी कि एक हाथ में हेलमेट, और दूसरे हाथ से बालों को चपटा करते कमल ने दुकान में प्रवेश किया। वह देखना चाहती थी कि कमल के लिए दरबान ने दरवाजा खोला, या वह खुद ही कांच का दरवाजा धकियाते अंदर घुसा था। लेकिन अपॉर्चुनिटी मिस हो गई थी। कमल दुकान के अंदर था, और दरबान और दरवाजा अपने पुराने स्थान पर आ चुके थे।

कितनी बार इनको समझाया है कि बड़ी-बड़ी जगह पर यह लोटे जैसा हेलमेट लेकर मत घुसा करो, पर नहीं! इन्हें तो जैसे कुछ समझना ही नहीं। आते ही बोले

“पता है बहुत दूर जाकर पार्क किया है स्कूटर। आजकल साले हर जगह चालान काट दे रहे हैं।”

रेनू ने अप्रसन्न होकर कमल को घूरा।

“क्या हुआ?”

कमल फिर से बालों को ठीक करने लगा।

“अभी भी खड़े हैं क्या बाल? यार हेलमेट की वजह से अब तो ये साले परमानेंट ऐसे ही हो गए हैं।”

अब रेनू से ना रहा गया। पास आकर फुसफुसाई!

“यह क्या ‘साले-साले’ लगा रखा है! और हेलमेट क्यों ले आए यहां? जिसे नहीं भी जानना हो वह भी जान जाता है कि मिस्टर फटीचर स्कूटर से आ रहे हैं।”

“अरे बगल का नीरज भी तो घूमता है टू व्हीलर से जबकि उसके पास तो कार भी है।”

कमल ने प्रतिवाद किया।

“वह बाइक है, स्कूटर नहीं। उसका हेलमेट देखा है! कितना स्टाइलिश। और तुम पहनते हो यह लोटा।”

रेनू जगह देखते हुए अपनी आवाज यथासंभव दबाते हुए बोली।

कमल हंसने लगा

“अरे स्कूटर चलाते हुए अगर बाइक का हेलमेट पहनूंगा तो लोग हसेंगे मुझ पर।”

“हां हां अभी तो जैसे तुम्हारी शान में कसीदे पढ़ते होंगे।”

रेनू झल्ला उठी।

"ले ली मिठाई?"

कमल ने टॉपिक बदला।

"नहीं, देखो कौन सी लूं?"

रेनू की बात सुनकर कमल हरकत में आया। अब कांच से सटकर मिठाइयों के अवलोकन की बारी कमल की थी।

आसमानी दामों को पढ़ते-पढ़ते कमल के नीचे का होंठ खुद ब खुद आगे निकलकर गोल होता जा रहा था। रेनू को काउंटर के लड़के और आसपास के सभी लोगों की नजरें खुद पर गड़ती सी जान पड़ीं। वो दिल से चाह रही थी के कमल कुछ अजीब सा ना बोल दे। काउंटर यात्रा के बाद कमल बस यही बोला

"अरे बाप रे! बाप!"

रेनू ने फौरन उसका हाथ दबाया

"चुप रहो ना!"

"अरे कोई नहीं सुन रहा, तुम दाम तो देखो!"

कमल रुक नहीं रहा था।

"अच्छा जल्दी बोलो, कौन सी लूं?"

रेनू यह प्रकरण जल्दी खत्म करना चाहती थी। "अब लेना ही है तो बेसन के लड्डू ले लो, सबसे सस्ता वही दिख रहा है।"

कमल आधे मन से बोला।

"अरे यह सस्ता-सस्ता क्या कर रहे हो।"

रेनू ने काउंटर के लड़के के भावों को पढ़ने का विफल प्रयास किया। न जाने क्या सोच रहा होगा।

"अरे तुम समझा करो यार, "मेरे पास में"...कहते हुए कमल ने पैंट की पॉकेट से पर्स निकाल लिया, और उस में रह रहे तमाम छोटे-बड़ों का पंचनामा तैयार करने लगा।"

"अभी-अभी दो सौ रुपए का पेट्रोल भराया।" रेनू अब कमल की बेहूदगी से तंग आ चुकी थी।

"तुम रखो पर्स अंदर! मैंने मांगे तुमसे?"

कमल ने रेनू का स्वर पहचान लिया कि उसके करतबों की गुंजाइश अब खत्म हो चुकी है। उसने जितना मचाना था मचा लिया। अब यह एपिसोड अगले तीन साल तक दोहराया जाएगा। क्यों? और किस रूप में? यह तो आने वाला वक्त ही बताएगा, फिलहाल ..शांत, मौन, मूक बस। अपनी हेलमेट को ढाल की तरह दबोचे कमल दुकान के दरवाजे वाली कुर्सी के पास जाकर खड़ा हो गया।

रेनू ठान चुकी थी कि मोतीचूर और बेसन जैसी साधारण मिठाइयां तो वह

सुमन के लिए बिल्कुल नहीं ले जाएगी। और थोड़ा उतरती इज्जत में वर्क चढ़ाने के लिए भी रेनू ने, 900 रुपए किलो, सैंडविच नुमा, हल्के पेस्टल कलर की, मलाई वाली मिठाई पैक करवा ली।

"कितनी मैडम?"

काउंटर वाले लड़के ने पूछा।

"एक किलो।"

रेनू को अपनी गर्दन कुछ ऐंठी हुई महसूस हुई। चिमटे से एक एक पीस डब्बे में धरते, फिर तोलते लड़के को रेनू ध्यान से देख रही थी। पूरा एक किलो हो चुकने के बाद डब्बे को सील बंद कर चमकीली चांदी कि सी पन्नी में लपेटकर रेनू को सौंप दिया गया। दरबान ने दरवाजा खोला और दोनों बाहर आ गए।

"तुम्हें कब शऊर आएगा पता नहीं।"

कमल बहुत ध्यान से रेणु की बातें सुन रहा था। अब वह बेला आ गई थी जब उसके सामने बहुत से रहस्यों का पर्दाफाश होने वाला था। और साथ-साथ यह भी पता चलने वाला था कि उसने किया क्या है।

"पेट्रोल! पेट्रोल! पेट्रोल! तुम तो ऐसे हो ना, कि अगर अंबानी और अडानी भी तुमको अपनी सारी जायदाद दे दें तो भी तुम 200 रुपए से ज्यादा का पेट्रोल नहीं डलवाओगे। मुझे बस पहुंचा दो सुमन के घर। लेने आने की जरूरत नहीं है। वह छुड़वा देगी कार से। मुझे तो पता ही नहीं कितना सहन करना है अभी।"

रेनू बड़बड़ाए जा रही थी। स्कूटर को किक मारने के बाद हेलमेट जैसे लोटे को पहन कर, कमल के कान में बज रही ध्वनियों का प्रकोप कुछ कम हुआ।

बड़े से गेट के पास पहुंचकर रेणु पलटी और कमल को हाथ हिलाया। यह संकेत था कि –'अब तुम जाओ'। स्कूटर मोड़ कर कमल वापस चल पड़ा। उसके जाने के बाद रेनू ने घर में प्रवेश किया।

रेनू!!! सुमन खुशी से उछल पड़ी। और दोनों सहेलियां एक दूसरे से लिपट गईं।

"कितने दिन बाद आई तू। हद है यार! इतना भी कोई बिजी होता है क्या?"

सुमन का उत्साह रेनू को भला लग रहा था। हाथ में पकड़ा चमचमाता मिठाई का डब्बा रेनू का कॉन्फिडेंस लेवल भी बढ़ा रहा था।

"यह ले तेरे लिए"

रेनू ने डब्बा आगे बढ़ाते हुए कहा।

"अरे तू अब फॉर्मेलिटी भी करने लगी! मुझसे तो तू ऐसी कोई उम्मीद मत करना हां, मैं तो खाली हाथ आऊंगी तेरे घर और खूब जमकर खाऊंगी"

सुमन ने उसे छेड़ते हुए कहा। और दोनों हंसते हंसते गुदगुदे सोफे में धंस गईं। वातानुकूलित वातावरण में रेनू धीरे-धीरे माथे पर उग आया पसीना पोंछने लगी।

"देख रही है रेनू! सेकंड समर चल रहा है यह, वरना अक्टूबर-नवंबर में गर्मी होती थी कभी?

"पंखे और ए सी से होती हुई रेनू की नजरें सुमन की दीवारों पर ठहर गईं। टेक्सचर्ड दीवारों पर बड़ी रचनात्मकता के साथ विशाल पेंटिंग्स लगी हुई थीं। हॉल की खिड़कियां और सजावट फ्रेंच लग रही थी। कलात्मक फर्नीचर और फूलदानों में लगे सफेद लिली भी फ्रेंच डेकोरेशन की तरफ इशारा कर रहे थे।

अचानक रेनू को अपने घर के टेलीफोन के पास वाली दीवार की याद हो आई। जहां सफेद लिली की फोटो वाला, पिछले साल का कैलेंडर अब भी लटका हुआ था। साल बीतने के बाद भी कैलेंडर अपने स्थान पर बना हुआ था। कारण, उसमें कई फोन नंबर दर्ज थे। डायरी की अनुपस्थिति में यह कैलेंडर—'अचानक डिक्टेट किए' गए फोन नंबरों से लेकर धोबी, और दूधवाले के हिसाब के लिए प्रयोग में लिया जाने लगा। जिससे उसका महत्व दिन-ब-दिन बढ़ता चला गया। अब उसे हटाना, यानी घर की तमाम व्यवस्था का चरमरा जाना। टेलीफोन के नीचे बिछा क्रोशिया का टेबल क्लॉथ कड़क चाय के दाग़ के बावजूद हटाया नहीं जा सकता था, क्योंकि उसमें मां की याद भी बसी थी।

रेनू के घर की सारी चीज़ें शुरू में शायद सौंदर्य बोध से प्रेरित होकर लगाई गई होंगी, किंतु अब वे अन्य तरीकों से उपयोगी हो, अच्छा बुरा वक्त साथ—साथ काट परिवार की भावनाओं के लिए घोंसला बना चुकी थीं।

बाकी सजावटी चीजें जैसे अंकू की पहली ड्राइंग, कमल का प्रशस्ति पत्र, रेनू की इंटर में बनाई कपड़े की दुल्हन और अंकू के पढ़ाई और खेल में जीते तमाम छोटे-बड़े इनाम, शोकेस में किसी ढीठ किराएदार की तरह पहले ही जम चुके थे।

कटलरी की टिनटिन सुन रेनू वर्तमान में लौटी। नौकर चाय-नाश्ते से सजी ट्रॉली 'मुरानो हॉट ग्लास' से बनी कलाकृतियों से सजी सेंटर टेबल के समीप रखकर चला गया था।

"सब बदल गया रे, तुझे याद है इस समय तो हम लोग रात को रामलीला जाया करते थे। पूरी बांह का स्वेटर पहनकर। आजकल पंखे चल रहे हैं, देखो तो!"

सुमन सालों पहले वाले अक्टूबर नवम्बर को याद करती बोली।

रामलीला की बात आते ही दोनों सहेलियां पुराने दिन, पुराने किस्सों में खो गईं।

कैसे सीता बने पंकज को मूंगफली मार-मार कर उन्होंने उसकी लाइने भुला दी थीं। वापसी में भूतों के किस्से, इमली के लड्डू, कुल्हड़ की चाय। घर परिवार और अड़ोस-पड़ोस की बातें करते समय का पता ही नहीं चला।

चाय नाश्ते के बाद अब तो खाना भी लग चुका था। यूं ही कहते हैं लोग के समय नहीं कटता। अगर दो सहेलियों को साथ बैठा दिया जाए तो वे समय के साथ-साथ, हर नए पुरानों की मुंडियां भी काट डालती हैं। बहुत दिनों बाद रेनू इतना

खुलकर खिलखिला रही थी। सुमन का भी यही हाल था।

"कमल क्यों नहीं आए?"

सुमन ने पूछा।

"इन्हें ऑफिस पार्टी में जाना था ना! नहीं तो यह भी आने वाले थे।"

पूरे दिन भर में रेनू ने यह पहला झूठ बोला था। वरना सुमन के साथ दुराव-छिपाव कैसा।

"और अंकू? वह तो अब आठवीं में होगा ना?" सुमन ने फिर पूछा।

रेनू को अच्छा लगा। सुमन को उसके बेटे के नाम के साथ, उसकी क्लास भी याद है।

"हां, वह भी गया है पापा के साथ। उसके फ्रेंड्स भी आ रहे हैं ना।"

फिर झूठ! चलो कोई नहीं, किसी का नुकसान नहीं होगा। और फिर सच बोल कर अपनी नकारात्मकता का नंगा प्रदर्शन अभद्रता होती।

सच तो यह था—अंकू ज़िद कर रहा था साथ आने के लिए, और वो उसे पड़ोस में छोड़ कर आई है।

"तू खा ना" सुमन ने टोका "या फॉर्मेलिटी करनी पड़ेगी तेरे साथ।"

रेनू ने मुस्कराते हुए केक का पीस उठा लिया।

"सब कुछ तो सुंदर है, स्नेहिल है, फिर क्यों सहज नहीं हो पाती मैं?" रेनू ने मन ही मन खुद को धिक्कारा।

"अंकू को ढोकले कितने पसंद थे ना?

सुमन एक के बाद एक गुगली मार रही थी।

"अरे तुझे तो इतना सब याद है? पढ़ने में तो कभी नहीं दिखाई तूने इतनी होशियारी।"

रेनू ने छेड़ा, और दोनों फिर से हंसने लगीं।

"सुन मैं यह ढोकले रख रही हूं अंकू के लिए, उसे दे देना।"

"अरे ना, ना यह मैं कैसे ले जाऊंगी।"

रेनू के तमाम विरोधों को नजरअंदाज करते हुए सुमन ने एक डिस्पोजेबल कंटेनर में प्लेट के सारे ढोकले पैक कर दिए। रेनू आत्मीयता और प्रेम के रस में भीग गई।

"ओ हो तो यह बात है!!!

"दरवाजा खोलकर सुमन के पति प्रमोद ने प्रवेश किया। रेनू मुस्कुराते हुए उठ खड़ी हुई।

"तभी मैं कहूं! आज श्रीमती जी का एक भी फोन नहीं आया। ना तो खाने का पूछा, ना आने का। नो खिट खिट! नो पिट पिट।"

"मैं किट किट पिट पिट करती हूं?" सुमन नकली गुस्सा दिखाती बोली।

रेनू मुस्कुराते हुए दोनों की नोकझोंक का आनंद लेने लगी।

"और हमारे कमल बाबू को कहां छोड़ आई?" अरे भाई इनको तो अपनी सहेली मिल गई, पर हमारा भी तो ख्याल रखना चाहिए कि नहीं" प्रमोद बोला।

वही झूठे बहाने फिर से दोहरा रेनू फारिग हो गई।

तभी दरवाजे पर प्रमोद का ड्राइवर सुनील, बैग और फाइलें लेकर खड़ा हो गया। सुमन ने उसके हाथ से सामान लिया और भीतर जाने को मुड़ी। प्रमोद भी उठे और टाई ढ़ीली करते हुए बोले"

मैं भी फ्रेश होकर आता हूं रेनू जी, फिर आराम से बातें करते हैं।"

जाते-जाते प्रमोद सुमन से कह रहे थे

"सुनो सुनील जा रहा है, इसे दिवाली दे दो।"

बाहर धुंधलका हो रहा था। रेनू को अचानक चेतना आई।

उसे भी तो घर जाना है!

और अगर यह ड्राइवर चला गया तो वह तो फंस ही जाएगी। कमल को बुलाने का मतलब है—बहुत सारी ओकवर्ड सिचुएशन एक साथ झेलना।

ना! ना! वह सुमन से कह देगी कि उसे ड्रॉप करा दे।

दोनों पति-पत्नी भीतर गए थे। रेनू बेसब्री से उनके आने का इंतजार कर रही थी। "ना तो नहीं कहेगी सुमन, फिर भी कोई अड़चन ना हो तो...।"

पूरे दिन के सानिध्य और प्रेम ने बचपन वाली खिलंदड़ी रेनू को जगा दिया था। बिना संकोच के वह सुमन की खोज में भीतर चल दी। कहीं ड्राइवर चला जाए, और उसे पता भी ना चले, तो!

दरवाजे के बाहर अपना नाम सुनकर रेनू ठिठक गई।

"यह दे दो, यह रेनू लाई है"

सुमन पति से कह रही थी।

"वह डब्बा मत देना ड्राइवर को, वह मिसेज़ बंसल ने भेजा है, जरूर कुछ स्पेशल होगा। रेनू मोतीचूर या बेसन के लड्डू ही लाई होगी, यह दे दो।"

चोट जब ज़ोर की लगे तो दर्द एकाएक नहीं होता। कुछ समय तक जख्म भी सुन्न रहता है।

रेनू धीरे से, बिना किसी की नजर में आए वहां से हट जाना चाहती थी।

जो असहजता सालों साल रेनू से आंख मिचौली खेलती रही, वह धप्प से मुंह बाए खड़ी हो गई निर्वस्त्र और भद्दी।

"इस डब्बे में बहुत बढ़िया मिठाई है, ऐसी वैसी मिठाई नहीं "यह कहने का सेतु टूट चुका था।

तभी प्रमोद ने रेनू को आते देख लिया

"आइए—आइए रेनू जी"

कहता वह पैकेट बांधने लगा। सुमन भी स्तब्ध थी। जाने कितना सुना रेनू ने!

"वो...सुमन, ड्राइवर छोड़ देगा मुझे घर?"

इतना ही कह पाई रेनू। उत्तर भी प्रमोद ने ही दिया।

"हां हां, यह भी कोई कहने की बात है!" सुमन, रेनू जी के लिए दिवाली की मिठाई?

प्रमोद अपनी रौ में बोले जा रहा था।

सुमन ने "हां हां" कहते एक बड़ा भारी सा ड्राई फ्रूट्स का डब्बा रेनू को थमा दिया।

"यह ले रेनू मेरी तरफ से।"

रेनू कुछ सोच नहीं पा रही थी। मना कर दे? ...झगड़ ले बचपन की तरह? ...या मुस्कुराते हुए ना ना कह दे...पर उसने ऐसा कुछ नहीं किया।

यंत्रवत मेवों का भारी पैकेट पकड़ लिया।

कार की पिछली सीट पर बैठी रेनू, ड्राइवर के साथ वाली सीट पर रखे अपने सुबह के सहचर को देख रही थी।

पॉलिथीन की थैली से झांकता, चांदी सी चमचमाती पन्नी में बंधा, उसका लाया 'मिठाई का डब्बा।'

सुमन ने मिठाई ड्राइवर को दे दी!! ? ...रेणु बार-बार यह सवाल खुद से पूछ कर उत्तर जानने का प्रयास कर रही थी।

सुबह की मेहनत,

बड़ी सी दुकान,

सजी-धजी मिठाइयां,

दुकान का दरबान,

काउंटर के पीछे लाल और काली पोशाक में सजा लड़का,

सब उसकी आंखों में एक साथ तिर गए। हजार रुपए में सिर्फ सौ रुपए वापस आए थे। गाड़ी घर की तरफ दौड़ रही थी। बहुत से भाव मिलकर आंसुओं को आंखों के पोरों की तरफ धकेल रहे थे।

सिग्नल पर गाड़ी रुकी हुई थी। दो बच्चे...सूखे बाल, सूखा मुंह, सूखी देह और सूनी आंखों से कार के भीतर ताक रहे थे। याचना तो एक-दो सिक्कों की थी, किंतु निहार मेवों के पैकेट को रहे थे। रेनू ने फौरन खिड़की का कांच नीचे कर मेवों का पैकेट बाहर कर दिया। दोनों बच्चे बिजली की तेजी से पैकेट लेकर अंतर्ध्यान हो गए। ड्राइवर कार के शीशे में रेनू को अचरज से देख रहा था। रेनू की शांत आंखों में मुक्ति का सुख उतर आया। जैसे किसी पुराने जख्म में चीरा लगाकर सारा मवाद बहा दिया गया हो।

नुक्कड़ पर गुप्ता जी की दुकान के पास रेनू ने कार रुकवा ली।

“बस भैया, यहीं रोक दो।” सुबह का बचा सौ रुपया लेकर रेनू दुकान की तरफ बढ़ गई।

“भैया जलेबी बांध दो।”

उसे अपनी जानी पहचानी मिठास की तलब लगी थी।

आँचल की ओट से

तीन साल का अज्जू माँ की छाती से चिपका धीरे-धीरे दूध पी रहा था। माँ की एक बाजू उसकी तकिया थी, तो दूसरी कमर पेटी। पैरों के बने घोंसले में लेटा वो एक हाथ से माँ के लंबे बालों को उँगलियों में लपेटता और दूसरे हाथ से छाती सहलाता। गुलाबी फूलदार साड़ी के तिरपाल के भीतर, स्कूल की पोशाक टाई, बेल्ट, जूता, मोजा और बैज में सुसज्जित अज्जू अपनी निजी गुलाबी दुनिया में खोया था। गुलाबी साड़ी की आभा उसके गोरे चेहरे को दमका रही थी। कभी साड़ी में बने फूलों को ताकता, कभी माँ की देह की और दूध की मिली जुली सुगंध को आत्मसात करता। आँखों की पुतलियों और पैरों में हल्की थिरकन थी जैसे कि कोई तिलस्मी संगीत बज रहा हो।

"अररेरे एरे...छि! छि! छि! छि! ये क्या हो रहा है? इतना बड़ा लड़का देखो तो शरम भी नहीं आ रही इसको!!"

तीव्र भय से अज्जू का सारा शरीर ऐंठ गया। छुई-मुई के पत्ते की तरह बंद हो कर वो माँ से लिपट गया। लेकिन इस प्रयास की व्यर्थता भी वो जानता था।

ताईजी ने झट से माँ की साड़ी उठा कर अज्जू को रंगे हाथों पकड़ लिया था। "तू फिर गंदी बात कर रहा है? इतने बड़े बच्चे माँ का दूध नहीं पीते। बड़े बच्चे गिलास में दूध पीते हैं।" ताई जी के कठोर चेहरे में क्रोध का बादल छाने लगा, "मैंने कहा था न के अगर तुझे फिर माँ का दूध पीते देखूँगी तो बहुत मारूँगी, तू सुनता नहीं है!! चल उठ गंदा कहीं का।" और वह अज्जू की बाजू पकड़ कर खींचने लगीं।

अज्जू एक शांत बच्चा था उसे किसी ने भी ज़ोर की आवाज करते, रोते, या चीखते नहीं देखा था। अपना विद्रोह वह आँखों में सागर भर कर करता, और बहुत देर तक सुबकता रहता।

ताईजी फिर बिफरीं, "आज तो मैं तेरे स्कूल जाकर तेरी मैडम को और सारे स्कूल के बच्चों को बताऊँगी कि देखो ये कितना गंदा बच्चा है अब भी माँ का दूध पीता है। जब सब हँसेंगे ना तुझपर तब पता चलेगा।"

तीन साल का बच्चा मान अपमान से जुड़ी शब्दावली भले ना जाने, लेकिन उस भाव को महसूस कर सकता है। माँ का दूध ना पी पाने से अधिक अज्जू अपने

कृत्य के लिए धिक्कारे जाने से दुखी था। ऐसे समय में उसका दिल और कान के पास वाली छोटी सी नस ज़ोरों से धड़कती थी। माँ की खिसियाई हँसी से ये साफ जान पड़ता था के इस संकट से बचा पाना उसके बूते से बाहर की बात है।

ताई जी ने अज्जू को खींचकर जबरन खड़ा कर दिया और दोनों बाजू पकड़कर झिंझोड़ने लगीं, "बोल मानेगा कहना कि नहीं।"

दूध से गीले अज्जू के होंठ थरथरा रहे थे। अब ताईजी मुखातिब हुईं अपने कपड़ों को व्यवस्थित करती, और अपराधियों-सी हँसी हँसती जया की तरफ, "जया तू कैसे इसको मनमानी करने देती है? छुड़ा अपना दूध। अब तक तो ठीक था, पर अब वो स्कूल जाने लगा है। तू बिगाड़ रही है इसे। परसों भी कहा था मैंने, फिर भी सुधार नहीं रही।"

ताईजी अज्जू की सगी ताई नहीं थीं। पड़ोस के नाते अज्जू के माता-पिता, यानी 'जया और प्रकाश' भाभी कहते थे, तो हो गईं अज्जू की ताईजी। लेकिन अधिकार के मामले में कहीं कम ना थीं। घर में पैर रखते ही अंदर बाहर का जायजा लेतीं और हो जातीं शुरू। अज्जू की सरल माँ को उनका विरोध करने का साहस ना था। और पिता तो किशोरावस्था से ही भाभी के रोब में थे।

ताईजी किशोरी विधवा थीं। 17 वर्ष की उम्र में जब विवाह हुआ तो दसवीं तक पढ़ चुकीं थीं। दो साल बाद यानी 19वें वर्ष में जब पति का देहांत हुआ तब तक कोई संतान ना हो पाने के कारण उनपर बांझ होने का आरोप लग चुका था। जीवन नितांत खाली हो गया। बाल बच्चे होते तो एक दिशा रहती। इस वक़्त ससुर का स्कूल मास्टर होना ताईजी को फल गया। जब गोविंद मास्टर ने देखा कि बहू किताबें उलट पलट कर देखती है, तो उसे घर पर ही पढ़ाना शुरू किया। ग्यारहवीं और फिर बारहवीं परीक्षा पास हो गईं तो पढ़ाई रोक दी गई। उच्च शिक्षा और नौकरी इत्यादि के लिए अभी ना तो समाज तैयार था, न ही मास्टर जी। सो ताईजी घर गृहस्थी, सिलाई-कढ़ाई और कुछ पढ़ने-लिखने में समय बितातीं। आस पड़ोस के बैंक का काम, फॉर्म भरने आदि लिखा पढ़ी में भी मदद कर देतीं। धीरे-धीरे उन्होंने मोहल्ले में अपनी एक जगह बना ली। अज्जू के पिता यानी प्रकाश से ताईजी का विशेष प्रेम था। प्रकाश ताईजी से मात्र तीन वर्ष छोटे थे। दोनों के घर एक दूसरे से सटे थे, और सुख-दुख का आदान प्रदान था। समआयु पढ़ी लिखी भाभी पढ़ाई में भी मदद कर देतीं और साथ ही कुछ खिला पिला भी देतीं। मुहल्ले के बाकी लड़के भाभी के इतने करीब कभी ना आ पाए। यह सहूलियत विशेष रूप से प्रकाश के लिए थी।

अपनी तमाम विडंबनाओं को झेलते बालिका ताई को प्रकाश में एक सखा-सखी सब मिल गया था। घनिष्ठता अधिकार को साथ ही लाती है। ताईजी उम्मीद रखतीं कि प्रकाश अपनी तमाम दिनचर्या का लेखा जोखा उसको बताए और अगर

प्रकाश से संबन्धित कोई बात उसे दूसरों से पता चलती तो वे खिन्न हो जातीं। जिसे वे जाहिर भी कर देतीं, और प्रकाश सफाई ही देता रह जाता। समय बीता और प्रकाश विवाह योग्य हो गया, जिसमें भाभी का खासा दखल रहा। आए दिन भाभी रिश्तों को 'बेशऊर', 'तेज़' या ऐसे ही कोई कारण बता कर फेर देतीं थीं। जया के लिए भी अगर प्रकाश की माँ ज़ोर ना देतीं तो ताईजी टालने वाली थीं।

खैर एक बात से ताईजी खुश थीं के जया गाय थी। जिसे बचपन से भगवान, शैतान, इंसान, सांड, कुत्ता, बिल्ली, फूल, पत्ती, नदी, चाँद, सूरज और तारे इन सबसे डराकर पाला गया था। रात को फूल पत्ती नहीं तोड़ने से लेकर बिल्ली का काला होना, भगवान का प्रकोप और शैतान की नज़र, चाँद की पूजा, सूरज को पानी, तारों की चाल, जया सबसे डरती थी। कहने का मतलब है कि उसमें एक आदर्श बहू के सारे गुण थे।

पालतू गाय को अंदर बाहर बांधना आसान होता है।

पोते का मुँह देखकर प्रकाश के माता पिता परलोक सिधार गए। इधर मास्टर जी भी अपने जीवन चक्र से मुक्त हो गए। सास तो पहले ही नहीं थीं, सो दोनों घरों की एकमात्र बुजुर्ग बनी ताईजी।

जया ताईजी के प्रभुत्व से दबी रहती। तमाम काम करने के बावजूद ये संशय रहता कि जाने वो क्या कहेंगी। पति का झुकाव और लगाव भाँप जाने का गुण हर महिला में नैसर्गिक होता है। अत: भीरु जया भी ताईजी का कद अपने घर में खूब पहचानती थी। अज्जू के आने के बाद ताईजी का दखल और बढ़ने लगा। खुद माँ न बन पाने का दुख जब तब उन्हें उग्र कर जाता। जच्चा की देखभाल से ज्यादा उसपर नियम थोप दिये गए। ये छूना है, या नहीं छूना, पूजा-पाठ, दान-दक्षिणा, पति से अलग रहना, बच्चे को दूध पिलाने से लेकर जब जी चाहे बच्चे को अपने साथ ले जाना—ताईजी के अधिकार क्षेत्र में था।

ताईजी का मानना था कि बच्चा होने के बाद माँ का सम्पूर्ण ध्यान बच्चे और गृहस्थी के अन्य कामों में ही होना चाहिए। और प्रकाश को तो वो देख ही लेगी.। प्रकाश को खाना खिलाने आदि की ज़िम्मेदारी ताईजी ने अपने ऊपर ले ली थी। जब भी प्रकाश अज्जू को गोद में लिए दिखता ताईजी तमाम सही गलत, ठंडा गरम, शुभ अशुभ, सीख निर्देश दे दिलाकर बच्चे को जया के पास पहुंचा देतीं। असुरक्षा, भय और ईर्ष्या ग्रस्त ताईजी एक नन्हे बालक से प्रतिस्पर्धा में थीं।

तीन साल तक अज्जू को माँ का दूध पीने के निर्देश देने वाली भी वे खुद ही थीं। अब एकाएक 'स्कूल जाता बच्चा माँ का दूध पीता है' कहकर लताड़ क्यूँ रहीं थीं?—जया पूछना चाहती तो थीं, लेकिन जया ने उनसे कब कुछ कहा था जो आज कहती।

अज्जू को धकिया कर पिता के सुपुर्द करती ताईजी गरज रहीं थीं "जाओ

स्कूल बिल्कुल रोना नहीं—और ऊँ-ऊँ करता अज्जू पिता का हाथ पकड़कर स्कूल की तरफ रवाना हो गया।" उसके जाते ही ताईजी ने जया को समझाना शुरू किया, "बहुत हुआ जया, छुड़ा अपना दूध। नीम का पत्ता लगा पीस के, या कुनैन की गोली। एक बार मुंह खराब होगा तो खुद छोड़ देगा। ला मैं बना देती हूँ लेप" और वो नीम के पत्ते तोड़ने निकल पड़ीं।"

देर दोपहर अज्जू स्कूल से लौटकर देखता है कि माँ अकेली बैठी है। ताईजी का कहीं अता-पता नहीं था। आश्वस्त होकर वह माँ से लिपट गया। जया भी मनुहार करती बोली-"आज स्कूल में क्या पढ़ा मेरे अजुआ ने?"

लेकिन अज्जू तो ताईजी की अनुपस्थिति का पूरा फायदा उठाना चाहता था। वो ठुनकने लगा, "माँ दूध पीऊँगा।"

जब माँ ने कोई प्रतिक्रिया नहीं दी तो वो खुद ही आँचल हटाकर छाती से चिपक गया। लेकिन जैसे ही मुँह लगाया सारा मुँह कड़वा हो गया। अज्जू के कड़वाहट से विकृत हुए चेहरे को देखकर जया हँसने लगी। लेकिन तुरंत ही उदास भी हो गई।

अज्जू रो रहा था।

जया फौरन भीतर जाकर सारा लेप धो पोंछ आई, और अज्जू को दूध पिलाने लगी। मिशन फेल हो चुका था। और अज्जू भी समझ चुका था के ये जो भी था, पानी से साफ किया जा सकता है।

अब जब भी ताई जी जया की छाती में काला पीला कड़वा लेप चुपड़ती अज्जू बड़े मनोयोग से एक कटोरा पानी और रुमाल लेकर धैर्य से उसे पोंछ डालता, और स्वर्गानन्द में विचरण करता।

जया इन बाल लीलाओं को देख हँस-हँसकर दोहरी हो जाती। इस दौरान ताईजी के आने का खतरा बराबर लगा रहता।

तो आंचल की ओट में डरी हुई, चौकन्नी चिड़िया की तरह अज्जू की एक नज़र हमेशा दरवाजे पर रहती।

अज्जू रो रहा था।

ताईजी ने उसे फिर से दूध पीते हुए पकड़ लिया था। कुर्सी पर बैठी ताई ने अज्जू के हाथ और पैर को कसकर जकड़ा हुआ था। ताई के घुटनों में फंसे अज्जू के दोनों हाथों के लिए ताई की एक हथेली ही काफी थी। इतनी पास से ताई का चेहरा और भयावह लग रहा था। क्रोध से फैलती बड़ी बड़ी आँखों के बीचोंबीच पुतलियाँ और टेढ़ी भवें। अज्जू पीछे होने का भरसक प्रयास कर रहा था। तीखी आवाज से नन्हा दिल ज़ोरों से धड़कने लगा लेकिन वो भयावह चेहरा पास और पास आता जा रहा था।

किसी तरह एक हाथ छुड़ा कर अज्जू ने माँ की तरफ हाथ बढ़ाया और कातर दृष्टि से मदद की गुहार लगाई। माँ-माँ की पुकार ने ताई को और क्रुद्ध कर दिया।

ये तो उनकी अवहेलना थी। उनके सामने जया की क्या बिसात और वह क्या माँ! क्या माँ! कहती एक हाथ से अज्जू को चपत दर चपत लगाती रहीं। जया से देखा न जा रहा था और वो आँचल से मुँह ढँककर खुद को संभालने लगीं।

"आज तो मैं तुझे सबक सिखाकर ही रहूँगी।" ताई दहाड़ीं "जया जा थोड़े चावल ले कर आ।"

जया ने पति की तरफ देखा तो उन्होंने कहा, "जाओ, मेरा मुँह क्या देखती हो।" जया भीतर से एक कटोरे में चावल ले आई। कमर से रुमाल निकालकर ताई ने उसमें थोड़े चावल डाले और बोलीं, "इसमें एक फूल रख।"

जया मंदिर से फूल उठा लाई जिसे ताई ने चावल के ऊपर रखा और फिर प्रकाश की तरफ पलट कर बोलीं, "एक सिक्का दो।' प्रकाश ने आज्ञाकारी बालक की तरह फौरन जेब से टटोलकर एक चमचमाता हुआ सिक्का ताईजी की हथेली में रख दिया।

"भाभी में समझाती हूँ अज्जू को।" जया मिमियाई।

भाभी के रुख और टोटके के आयोजन से वो भी भयग्रस्त हो गई थी,

"हाँ! हाँ! तूने समझा दिया! और ये समझ गया! अब देख मैं क्या करती हूँ।" और वो आँख बंद कर के रुमाल में रखे चावल फूल और सिक्के के ऊपर अपने हाथ घुमाते हुए कुछ बुदबुदाने लगीं। अज्जू, जया और प्रकाश चुपचाप ये नज़ारा देख रहे थे। आँखें खोलकर ताइजी अज्जू की तरफ मुड़ीं,

"ये देख ले ध्यान से। ये सब मैं अपने पास रख रही हूँ अगर तूने मेरे पीछे माँ का दूध पिया तो मुझे पता चल जायेगा, ये चावल लाल रंग के हो जाएंगे तेरी जीभ के भी दो टुकड़े हो जाएंगे और तेरी माँ बीमार हो जाएगी। समझ ले अज्जू, अगर अब भी नहीं माना तो भगवान बहुत नाराज़ हो जाएंगे।" अज्जू के चेहर पर चिंता की लकीरें साफ दिखाई दे रहीं थीं।

उस रात अज्जू ने दूध पीने की ज़िद नहीं की। और अगले दिन सुबह भी बिना ज़िद किए स्कूल चला गया। भारी मनसे जया अज्जू का संयम देख रही थी। "देखा, भाभी का नुस्खा कारगर रहा।" प्रकाश भाभी का लोहा मान गए। "जो काम कोई नहीं कर सकता, उसे भाभी आसानी से निबटा देतीं हैं।"

भाभ-मुग्ध पति से जया कभी करीब न हो पाई थी। वो अदृश्य रूप से दोनों के बीच रहती थीं।

दोपहर को स्कूल से लौटा अनमना अज्जू माँ के आँचल में छिपकर रोने लगा। माता और संतान के सम्बन्धों पर सही गलत की सीख तो सब दे सकते हैं, किन्तु उस गणित, मनोविज्ञान और रसायन शास्त्र के मिले जुले शास्त्र का अनुभव नितांत निजी होता है।

जया आँखों में आँसू भरकर रोते हुए अज्जू को अपनी छाती से लगा कर दूध

पिलाने लगी। तृप्त अज्जू ने सबसे पहले अपनी जीभ की जांच की जो बिलकुल सही सलामत थी और जिसे कायदे से ताइजी के मुताबिक दो टुकड़ों में विभाजित हो जाना चाहिए था। और माँ भी बीमार नहीं दिख रही थी। संतुष्ट अज्जू चहकता हुआ घर भर में इधर उधर खेलने लगा। शाम को जब ताई जी ने घर में प्रवेश किया तो जया के चोरों जैसे हाव-भाव और मगन अज्जू को देखकर स्थिति ताड़ गईं।

ताईजी की आवाज़ में जासूसों का सा सधा हुआ सुर था। और साथ ही विरोध में उठते सुरों को कुचलने का जज्बा भी,

"तूने दूध पिया न? मैंने कहा था न कि मुझे पता चल जायेगा.

मेरे रुमाल में रखे हुए चावल लाल हो गए हैं।" और उनकी पैनी नज़र अज्जू के मुखमंडल पर जम गईं। तीन साल की जान, डर के मारे माँ के पीछे छिप गई। जया को देखते ही ताईजी को सब साफ हो गया। अंदाजा गलत नहीं था।

दोनों गुनहगारों के चेहरे पारदर्शी हो चले थे।

अब तो ताईजी का पारा सातवें आसमान पर था। जया के पीछे से अज्जू को खींचकर दो तीन लप्पड़ एकसाथ जड़ दिये। अज्जू का रोना और भाभी का चीखना सुनकर प्रकाश भी कमरे में आ गए थे। ताई जी चिल्ला रहीं थीं, "आज कोई नहीं बोलेगा। मैं इसे ठीक करके रहूँगी।"

ताईजी की बात तो वैसे भी कोई नहीं काटता था, फिर प्रकाश की मौजूदगी तो उन्हें संबल ही देती थी। वो और उग्र हो जाती थीं, जैसे जया को चुनौती दे रहीं हों कि देख ले खुद कौन है मालकिन?

अज्जू को ठोंकने पीटने के बाद ताईजी को कुछ और सूझा जया के बाजू और पेट में पिछली रात को मच्छरों के काटे के निशान अज्जू को दिखाते हुए बोलीं, "ये देख ये सब तेरे कारण हुआ है।"

लाल-लाल छोटे-छोटे दाने देख कर अज्जू डर गया। "तूने बात नहीं मानी ना अब ये और बड़े होंगे। और फिर भी तूने बात नहीं मानी, तो तेरी माँ मर जाएगी।"

अज्जू सन्न रह गया। अपनी जीभ की उसे कोई परवाह नहीं थी, लेकिन माँ मर जाएगी!! ये तो उसने सोचा ही नहीं था। वह जार-जार रोने लगा, "मैं दूध नहीं पीऊँगा, माँ। मैं आज से बिल्कुल दूध नहीं पीऊँगा।" माँ-माँ करता अज्जू सुबकते सुबकते सो गया। ताईजी विजयी भाव से मुस्करा रहीं थीं। प्रकाश सारे दृश्य से द्रवित तो थे, फिर भाभी ने ही समझाया था; अनुशासन और सख्ती अच्छी परवरिश का हिस्सा हैं, और जया से इन दोनों की उम्मीद वो ना ही रखे। वो तो बच्चे को बिगाड़ के रहेगी। भाभी की निपुणता के कायल प्रकाश अपनी गाय पर खीज उठे।

"आज से अज्जू मेरे साथ सोएगा।" प्रकाश इसे खाना खिलाकर मेरे पास छोड़ जाना।" ताईजी अब कोई चांस नहीं लेना चाहती थीं।

"भाभी कहो तो मैं भी वहीं" ...प्रकाश अचानक रंगीले देवर बन उठे।

"चलो हटो'!! कहती भाभी नकली गुस्सा दिखने लगीं। अब दोनों अपनी फूहड़ मज़ाक़ों पर हंस रहे थे।

रात को अज्जू को खाना खिलाते वक़्त जया कहना चाहती थी कि अब अज्जू नहीं पीएगा दूध, उसे यहीं रहने दो। लेकिन उससे पूछ ही कौन रहा था। आश्चर्यजनक रूप से अज्जू ने भी कोई प्रतिरोध नहीं किया। लग रहा था जैसे कुछ एक ही पल में चार पाँच साल बड़ा हो गया हो। चुपचाप पिता का हाथ पकड़ कर ताईजी के घर की तरफ चल पड़ा। रातभर जया पुत्र के संताप को महसूस करती रही, और रोती रही।

समय और परिस्थिति की सीख ही सच्ची सीख होती है। बचपन से हर जीवित और निर्जीव वस्तु से भयग्रस्त जया उसका खोखलापन समझने लगी थी। वो अज्जू को समझाना चाहती थी कि—'देख ये चक्तते मच्छर के काटने के दाग हैं। तूने कुछ नहीं किया।'

दिमाग में चाहे कितना ही बवंडर मचे लेकिन सदियों की बेड़ियों को तोड़ना आसान नहीं होता।

आज पूरे दस दिन होने को आए अज्जू को माँ का दूध पिये। चार पाँच दिन अपने पास सुला कर ताई जी भी ज़िम्मेदारी से मुक्त होना चाहती थीं सो चेतावनी के साथ अज्जू अपने पुराने स्थान पर वापस आ चुका था। अपनी सफलता से गौरवान्वित ताईजी ना देख सकीं किन्तु जया अज्जू के स्वभाव में परिवर्तन महसूस कर रही थीं।

"आज पूरे दस दिन हो गए" ताई जी ने गर्व से प्रकाश की तरफ देखा, जो बदले में भाभी को प्रशंसा की दृष्टि से देख रहा था। ताईजी ने अपने पल्लू में बंधा रुमाल निकाला जिसमें चावल, फूल और एक चमचमाते हुए सिक्के के अलावा थोड़ा सिंदूर भी मिला हुआ था। देख कर जया को गुस्सा आने लगा। बच्चे को डराने के लिए कितनी तैयारी करेंगी ये भाभी। तभी वो अज्जू से बोलीं— 'इधर आ' और रुमाल सारे सामान सहित उसकी हथेलियों में टिका के बोलीं, "ये ले के जा, आराम से, और बाहर वहाँ उस कोने में तुलसी के चौरे में डाल के आ।"

अज्जू धीरे-धीरे सब सामान तुलसी के पौधे के पास मिट्टी में उड़ेल आया। अज्जू के वापस आने पर ताई जी प्रकाश से बोलीं, "प्रकाश आज लड्डू ले के आना, मैंने मनौती मांगी थी। काम पूरा होने पर देवता को भोग लगेगा। नहीं तो वे नाराज़ हो जाएंगे, और काम उल्टा पड सकता है।" उन्होंने कनखियों से अज्जू को देखा। ताई जी को अब खेल में मज़ा आने लगा था।

"बोल—भगवान जी मुझे माफ कर दो।"

"भगवान जी मुझे माफ कर दो"

"आज से मैं गंदी बात नहीं करूंगा।"

"आज से मैं गंदी बात नहीं करूंगा।"

"ताई जी का कहना मानूँगा।"

"ताई जी का कहना मानूँगा।"

ताईजी की हास्य और व्यंग्य मिश्रित आवाज़ और अज्जू का क्षीण और भययुक्त दुहराना जया को द्रवित कर रहा था। वह चीख कर कहना चाहती थी, "बस बहुत हुआ" लेकिन बेड़ियों के घावों को सहला कर रह गई।

प्रकाश भी भाभी के तमाशे में शामिल हो कर दृश्य का आनंद ले रहे थे और हँस रहे थे। तत्पश्चात् प्रकाश आज्ञाकारी बालक की तरह ताईजी के निर्देशानुसार लड्डू लेने उठ खड़े हुए।

दोपहर होने को आई आज सुबह एक बार भी ताईजी का आगमन नहीं हुआ था। यह अजीब अवश्य था किन्तु जया को भला मालूम दे रहा था। कभी-कभी अपने हिस्से की सांस पूरी की पूरी फेफड़ों में जाए तो शिकायत क्यूँ होगी भला। अचानक द्वार खुला और प्रकाश ने प्रवेश किया। पति को असमय आया देख जया को अचंभा हुआ।

"इतनी जल्दी आ गए? अभी तो अज्जू भी नहीं आया स्कूल से। आपकी तबीयत तो ठीक है न?"

प्रकाश झुँझला उठा, "अरे रे, जरा ठहरो, पहले पानी दो।"

जया दौड़कर पानी ले आई।

"काम पर जा रहा था रास्ते से ही भाभी ने बुलावा भेजा। बुखार से तप रहीं हैं भाभी। गाँव में चिकनगुनिया भी हो रहा ही आजकल।"

जया 'अररे' बस यही कह पाई

इतने सालों में उसे याद नहीं पड़ता कि भाभी कभी ठीक से बीमार भी पड़ीं हों। सर्दी, सर दर्द और हरारत के अलावा उन्होंने सेहत के उतार चढ़ाव कम ही देखे थे।

"मैंने डाक्टर को बुला के दिखा दिया है तुम खाना बनाके ले जाना। चाय पानी पूछ आओ अभी।"

जया एक जग में चाय बना कर भाभी के घर की तरफ चल पड़ी।

बीमारी इंसान को कितना निरीह बना देती है बड़ी मुश्किल से एक कटोरा चाय हलक से नीचे उतरी। उसको भी ना ना करती ताईजी निढाल होकर फिर से बिस्तर में पसर गईं। "खाना नहीं खाऊँगी। कुछ ना लाना।" ताईजी बड़बड़ा रही थीं।"

"तू जा, प्रकाश को भेज दे।" सुनते ही जया का मन फिर कड़ुआ हो गया।

उसे तो वैसे भी जाना ही था, अज्जू के स्कूल से वापस आने का समय हो चला था।

घर पहुंची तो देखा प्रकाश तैयार बैठे थे बोले, "तुम अज्जू को संभालो मैं भाभी के पास बैठता हूँ।" कहते ही वो बाहर की तरफ लपके उन्हें कुछ कहने की जरूरत ही नहीं पड़ी।

प्रकाश का ज्यादा समय ताईजी के साथ कटता, जया खाने पीने का जिम्मा संभाले थी। डॉक्टर जो भी खाना या सेक आदि बताता जया दक्षता से करती रहती। अज्जू सो चुका था। "आज भाभी के पास मैं रुक जाऊँगी।" पहली बार जया के स्वर में निर्णय झलक रहा था।

प्रकाश ने ध्यान से जया को देखा और फिर अज्जू के पास आ कर लेट गए. "ठीक है मैं अज्जू के पास रुकता हूँ।"

चार दिन होने को आए ताईजी की सेहत में कोई सुधार न था। तमाम टेस्ट चिकनगुनियाँ ही बता रहे थे। डाक्टर शहर ले जाने की बात कर रहे थे।

"भाई भतीजे के आने में तो समय लग जायेगा, कल मैं ही लिए जाऊंगा शहर" प्रकाश ने जया से कहा।

जया को भी यही सही लगा, "ठीक है मैं आपका सामान रख देती हूँ।"

"अगली सुबह जब शहर ले जाने के लिए ताईजी को उठाने का प्रयास किया गया, तो पाया कि वो तो अंतिम यात्रा पर निकल पड़ीं हैं।

भाई बंधुओं को पहले ही बीमारी की खबर दी जा चुकी थी सो अब उनके आने में समय न लगेगा।

ताईजी के झट पट प्रस्थान से प्रकाश और जया दोनों ही हतप्रद थे। रसोई घर से चुपचाप जया भीतर कमरे में पलंग के कोने मैं बैठे प्रकाश को देख रही थी। प्रकाश का संताप देख उसका मन गीला हो गया...

अगर वो और अज्जू न होते तो? क्या बुरा होता?—अच्छा ही होता।

अज्जू कहाँ है?

मुझे भाभी के जाने से दुख हो रहा है क्या?

ये कौन सी नस है जो दपदप कर रही है?

कहीं प्रकाश नाराज़ तो नहीं?

नाराज़ क्यूं होंगे भला?

अब कल से हम क्या करेंगे?

भाभी, प्रकाश से प्रेम करतीं थी क्या?

और प्रकाश?

मुझे ना आने देते तो भाभी इतनी रूखी न होतीं।

मृत्यु भावनाओं और विचारों को गड्डमड्ड कर देती है। जया को लग रहा था वो किसी ऐसे नाटक का हिस्सा है जिसकी स्क्रिप्ट ही उसे नहीं दी गई।

अज्जू कभी माँ को तो कभी पिता को देख रहा था।

"माँ ताईजी को क्या हुआ? वो कहाँ हैं?" कोमल मन को जीवन मृत्यु समझाना आसान भी तो नहीं।

जया धीरे धीरे अज्जू के बाल सहलाने लगी। "बेटा ताईजी भगवान के पास

चली गईं।"

"भगवान के पास? वो आए थे क्या उनको लेने?" और अज्जू बारी-बारी से माँ और पिता को देखने लगा। जब कोई जवाब न मिला तो उठकर भीतर चला गया।

जब वापस आया तो उसके हाथ में एक कागज की पोटली थी। जया और प्रकाश ने देखा पोटली में कुछ मिट्टी और सिंदूर मिले चावल, एक सूखा फूल, और एक चमचमाता हुआ सिक्का था।

अपनी छोटी-छोटी हथेलियों में समस्त सामग्री संभाले अज्जू तुलसी के चौरे के पास गया और सब कुछ वहाँ उड़ेल कर हाथ जोड़ के खड़ा हो गया। जया और प्रकाश अजीब मनोभावों से अज्जू के क्रियाकलापों को देख रहे थे।

अज्जू पलटा और बोला, "बाबा आज लड्डू ले आना मैंने भगवान से बोला था कि काम होने पर लड्डू दूंगा। नहीं तो वह नाराज़ हो जाएंगे।"

जया अवाक थी। प्रकाश अब गुस्से में था। "तू लड्डू बांटेग, लड्डू बांटेगा तू कहते हुए वह अज्जू पर झपटा।"

फुर्ती से जया अज्जू के सामने आ गई. दूसरी बार जया की आँखों में दृढ़ता थी। जया, प्रकाश की आँखों में झाँकते हुए अज्जू से कह रही थी—"तेरे लड्डू तो मैं घर में ही बना दूंगी. पर आज नहीं, हाँ।" और अज्जू का हाथ पकड़ कर जया भीतर चली गई।

खतरा

शाम के 5:30 बज रहे थे। छोटा भाई रिंकू कार्टून देख रहा था। पापा बगल के कमरे में बड़े भैया के कपड़े बदल रहे थे। पच्चीस साल के भैया को छह महीने पहले अचानक लकवा मार गया। साल भर पहले रिटायर हो चुके पापा समझ नहीं पा रहे थे, इतने लंबे इलाज को अपनी सीमित आय से कैसे एडजस्ट करें। उनका फिर से नौकरी ढूंढना, या अटेंडेंट रखना, दोनों ही बूते से बाहर की बात थी।

बी पी ओ की नौकरी को कौन नहीं जानता, उटपटांग समय के साथ पटरी बिठाते—बिठाते जिंदगी की असली रेल ही छूट जाती है। फिर मेरा लड़की होना इस सिचुएशन को और अधिक जटिल कर गया। नौकरी मिलना आसान नहीं, और जब जरूरत हो तो समझौता तो करना ही पड़ता है।

नोएडा शहर की व्यवस्था से तो सभी वाकिफ हैं। दिल्ली से सटा होने के कारण, बड़े शहरों के सारे रंग लिए चमकता यह शहर, मॉल कल्चर, हाई लाइफ, जॉब अपॉर्चुनिटी के साथ अपराधों के लिए भी जाना जाता है। ऐसे शहर में बीपीओ कंपनी में, इवनिंग शिफ्ट करती एक लड़की को परमवीर चक्र तो बनता ही है।

अजनबी माहौल में कदम रखते वक्त अजय का उसी ऑफिस में होना साहस दे गया था। अजय अशोकनगर में चाचा जी के पड़ोस में रहता था, कभी-कभी वहीं उससे मुलाकात हो जाती। अजय की मौजूदगी इस अटपटी नौकरी को थामे रखने का संबल थी। खैर, पैसा अच्छा था, मुझे जरूरत भी थी, सो ज्यादा सोचना ठीक नहीं था।

ऑफिस सैक्टर-62 में था। आसपास कई और ऑफिस भी थे, सो दिन भर काफी चहल-पहल रहती थी, लेकिन छह बजे के बाद सुनसानी छा जा जाती थी। आसपास रेजिडेंशियल इलाका ना होने से रेगुलर फैमिली अमूमन ना के बराबर दिखती थीं। ऑफिस के सामने ही सड़क पर कुछ कच्ची पक्की दुकानें थीं। जहां चाय, कॉफी, स्नेक्स आदि मिलता था। लंच आवर में एम्पलाइज इन दुकानों पर चाय-सिगरेट के लिए खड़े दिखाई देते थे। सारी दुकानें सड़क के दूसरी ओर थीं, लेकिन एक दुकान हमारे ऑफिस की दीवार से एकदम सटी खड़ी थी। जाने कैसे इसको यहां पर दुकान खड़ी करने की परमिशन मिल गई! और दुकानदार भी एकदम

खांटी! कोल्ड ड्रिंक अगर कोल्ड हो तो 3 रुपए ज्यादा लेगा, नहीं तो गरम—गरम कोल्ड ड्रिंक पियो। 10 रुपए की मैगी को पका कर देगा तो पैंतीस रुपए ऐंठ लेगा। अगर कुछ फोन करके ऑफिस में मंगवाना हो तो डिलीवरी चार्ज दो। इस तरह की लूटपाट करते लोग मुझे बहुत अखरते थे।

एक दिन कोल्ड ड्रिंक के चक्कर में उससे जबरदस्त बहस हो गई। पर वह नहीं माना, तो नहीं माना। काउंटर पर रखी हुई बोतल वापस फ्रिज में रख दी। उस दिन मेरा खून खौल उठा। आखिर कोई कंज़ूमर प्रोटेक्शन एक्ट जैसी चीज है कि नहीं हमारे देश में! आते—जाते उस आबनूसी शक्ल वाले दुकानदार से मुझे चिढ़ होने लगी। लेकिन मजबूरी में कभी-कभार उससे कुछ लेना ही पड़ जाता, क्योंकि आसपास के सभी फड़ 8:30 से 9:00 तक बंद हो जाते, बस यही एक दुकान थी जो रात 2:00 बजे तक खुलती थी। मेरी ड्यूटी का टाइम शाम 7:00 बजे से लेकर रात 2:00 बजे का था। ऑफिस की कैब पिक और ड्रॉप के लिए थी, इसलिए आने जाने की कोई दिक्कत नहीं थी। पर सेफ्टी इशू तो था ही। आजकल कैब वालों पर भी तो भरोसा नहीं किया जा सकता। अन्य सभी महिलाओं की तरह मैं भी चौकन्नी हिरनी की तरह डर के साए में काम करने को मजबूर थी। कई बार देर रात तक ड्यूटी खत्म होने पर, जब मैं अपनी कैब में बैठती, तो उस खांटी दुकानदार की नजरें अपनी पीठ पर महसूस करती। एक झुरझुरी सी हो जाती थी। और बेबसी से रोना नहीं, गुस्सा आता था।

अगर दुकान से कुछ मंगवाना होता था तो या तो मैं चपरासी को भेजती, थी या फिर अजय को। अजय चाय-सिगरेट के लिए दुकान तक जाता ही था, तो जो भी मुझे चाहिए, ले आता था। अजय को भी मैंने कई बार उस दुकानदार के ठग होने की बात समझाने की कोशिश की। पर वह इसे कभी सीरियसली नहीं लेता था।

वह कहता—"चिल नेहा! इतना चलता है, कमा रहा है बेचारा रोजी-रोटी, क्या प्रॉब्लम है?"

मैं मन मसोस कर रह जाती। "ऐसी ही मैंटेलिटी के कारण देश में अराजकता बढ़ रही है। क्वालिटी कंट्रोल, प्राइज़ कंट्रोल सब बंटाधार! हम लोग ही तो खराब कर रहे हैं सिस्टम को।"

अजय बोलता, "नेहा, यार छोड़ ना! अच्छा आदमी है, खामखां गुस्सा ना किया कर।"

और मैं गर्म होते हुए बोलती "मैं उस दुकान को हटवा कर ही दम लूंगी, अच्छा आदमी, माय फुट! कितनी ही बार उसे घूरते देखा है मैंने। कैब में बैठने तक ताकता ही रहता है, ईडियट! अपनी उम्र भी नहीं देखी उसने!"

और अजय हो हो कर हंस देता।

रात के 1:40 बज चुके थे मैंने अपने ड्राइवर को फोन किया, मैं नीचे आ

रही हूं, गाड़ी गेट पर ले आओ। इस समय रास्ता कतई सुनसान होता था। गेट के पास सटी उस दुकान के अलावा सब कुछ बड़ा वीराना लगता था। ज्यादातर अजय मुझे कैब तक पहुंचाता था, और फिर अपनी कार से रवाना हो जाता था।

सब दिन की तरह मैंने अजय को सिग्नल किया वाइंड अप करने के लिए। अजय ने ओके कर अपना कंप्यूटर बंद किया। मैंने भी अपना सामान समेटकर पीसी बंद किया, और लिफ्ट की तरफ बढ़ी।

मैं और अजय बातें करते हुए दुकान के पास आ गए, पर कैब कहीं नहीं दिखाई पड़ी। मैंने फिर ड्राइवर को कॉल किया 'नॉट रीचेबल' आने लगा। अजय ने कहा वेट कर लो आ जाएगा, मैं खड़ा हूं ना! पर मेरी नजर रह रहकर दुकान की तरफ जाने लगी। वह काला वीभत्स सा चेहरा अपनी गोल-गोल आंखों से लगातार घूरे जा रहा था। दिन के वक्त जिस बेबाकी से मैं इस दुकानदार को कोसा करती थी, इस रात के सुनसान माहौल में वह सब शब्द एक घिग्गी सी बनकर हलक में अटक गए थे। मैं जल्दी से जल्दी गाड़ी में बैठ कर घर की ओर चल पड़ना चाहती थी। और पिछले कई बार की तरह इस नौकरी को छोड़ने का प्रण ले चुकी थी। मैंने फिर ड्राइवर को फोन लगाया पर लगा नहीं।

अब मेरी चिंता बढ़ने लगी। अजय पंद्रह मिनट से मेरे साथ खड़ा था। उसे भी घर जाना था। मैंने अजय से कहा "मैं अपने पापा को बुला लेती हूं, पर उनको आने में थोड़ी देर लग सकती है, तुम प्लीज तब तक रुक जाओ।

"अजय ने फौरन कहा "अंकल को क्यों परेशान करती हो, मैं छोड़ दूंगा तुम्हें अपनी कार में, तुम परेशान मत हो। चलो मैं कार निकालता हूं।"

मैं असमंजस में पड़ गई। पापा ने सख्त हिदायत दी थी, 'या तो ऑफिस कार से आना, या फिर मुझे बुलाना, नहीं तो मैं बहुत गुस्सा करुंगा।'

मैं अजय को मना करते हुए बोली, "नहीं तुम बस यहां खड़े हो जाओ थोड़ी देर, मैं पापा को बुला लेती हूं।" फोन करने को बढ़ी, तो अजय ने हाथ रोक दिया। और अपने साथ कार में चलने को फोर्स करने लगा। एकाएक मेरी नजर दुकान पर पड़ी। वह आबनूस हाथ में डंडा लिए हमारी तरफ तेजी से बढ़ रहा था। भय से मेरी चीख गले के भीतर घुस गई। हाथ से मोबाइल छूट गया। और मैं आंखें फाड़े दोनों हाथ सामने फैलाए उस खौफनाक आदमी को अपनी तरफ बढ़ते देख रही थी। अचानक वो अजय पर टूट पड़ा। दनादन डंडे की कई चोटों से अजय कराह उठा। मार से बचने के लिए, मेरी परवाह किए बिना, अजय सरपट अपनी कार में बैठकर वहां से निकल गया।

अब इस सुनसान वीराने में सिर्फ मैं थी, और वह आबनूसी शक्ल वाला दुकानदार। घुटने कैसे अपने आप कांपते हैं, और आवाज कैसे गायब होती है—यह मैंने उसी दिन जाना। कार के निकलते ही वह दुकानदार मेरी तरफ बढ़ा, और मेरा

मोबाइल उठा कर मुझे देते हुए बोला—"अपने पापा को फोन करो, तुम्हें आकर ले जाएंगे, तब तक मेरी दुकान में आकर खड़ी हो जाओ।"

मुझे कुछ भी समझ नहीं आ रहा था। वह बोला—"यह अजय कोई अच्छा आदमी नहीं है, यार दोस्तों के बीच आपके बारे में गलत बातें बोलता है। यह लोग मेरी दुकान के पास ही खड़े होते हैं, सिगरेट लेकर, इसलिए जानता हूं मैं। आपके कैब वाले को भी अजय ने ही पैसे देकर भगाया है। यह आपको अपनी कार में लेकर जाने की फिराक में था। आप कैब वाले की, और इस अजय की शिकायत करो मैडम, हमारी बेटियां इन्हीं लोगों के कारण ठगी जाती हैं।"

धीरे-धीरे मुझे वर्तमान का आभास होने लगा। कांपते हाथों से मैंने पापा को कॉल किया। मेरी आवाज सुनते ही वे घबरा गए, और मुझे लेने दौड़ पड़े। पापा को देखते ही मुझे रोना आ गया। मुझे रोता देख दुकानदार बोला "आप चिंता ना करो मैडम, मैं तो देर रात तक यहीं रहता हूं, कुछ नहीं होगा आपको। मेरी भी एक बेटी है, मुझे पता है उन्हें कैसे बचाना है।"

पापा के साथ वापस लौटते हुए मैं अपने सुन्न पड़े दिमाग को एक नया दृष्टिकोण देने की कोशिश कर रही थी। अपनी जिंदगी में खतरा भांपने के सूत्र बदलने थे मुझे, और सही-गलत नज़र पहचानने का चश्मा भी लेना था।

जो मैं जानती

दस पैकेट ग्लूकोस बिस्किट, और दो लीटर दूध के दो पैकेट उठाकर पारुल दुकान से बाहर निकली। बाहर रास्ते में उसका पहले से ही इंतजार हो रहा था। सात, आठ कुत्ते बेसब्री से दुकान के बाहर चक्कर लगा रहे थे। पारुल थोड़ी दूर फुटपाथ पर, पेड़ के नीचे, एक निश्चित स्थान की तरफ चल पड़ी। भूरे, सफेद, काले, चितकबरे आवारा कुत्तों का झुंड उसके पीछे-पीछे चल रहा था। पेड़ के नीचे पारुल ने दो-तीन प्लास्टिक के डिस्पोजेबल कंटेनर पहले से ही रखे हुए थे। सामान दीवार के ऊपर रख उसने बिस्किट के पैकेट खोल कर कुत्तों को डालना शुरू किया। भूख से बेहाल कुत्ते खाने पर टूट पड़े। कुत्ते जब तक बिस्किट खाने में व्यस्त थे, पारुल ने प्लास्टिक के डिब्बों में दूध उड़ेल दिया। और वहीं लकड़ी के तीन तखतों को ठोकर बनाई एक बेंच पर बैठ गई।

यह बेंच अल्टरेशन वाले दर्जी की छप्पर नुमा दुकान के पास थी। जो दर्जी ने अपने 'ऑन वेटिंग कस्टमर्स' के लिए खुद ही बना रखी थी। पेंट, पजामा, स्कर्ट, ब्लाउज दबाने-खोलने देकर गए कस्टमर्स जब सर पर खड़े होकर जल्दी करने की ताकीद करते, तो मास्टर जी बड़े अदब से उन्हें बेंच में बिठा देते।

बिस्किट खत्म कर अब कुत्ते दूध पीने में व्यस्त थे। पारुल हर एक को बड़े ध्यान से देख रही थी। दूध पीते वक्त सबकी पूछें बड़ी जोरों से हिल रही थीं। पारुल ममतामई मां की तरह मुस्कुरा उठी।

उसने महसूस किया कि आज चितकबरु कुछ लंगड़ा कर चल रहा है। दो महीने से, यानी जब से वह इस सोसाइटी में शिफ्ट हुई है, तब से लगातार इस झुंड को दूध बिस्किट खिलाते-खिलाते वह हर एक को शक्ल से पहचानने लगी थी। और मन ही मन इन सब को नाम भी दे चुकी थी। चितकबरू, भूरा, गोल्डी, कालू, झबरु, पतलू आदि। खाने के लिए लालायित इन कुत्तों का झुंड कभी पारुल के ऊपर भोंकता नहीं था। दूध और बिस्किट के पैकेट के लिए झपटता भी नहीं था। वह चलती तो सब चल पड़ते, रूकती, तो सब रुक कर पारुल के खाना परोसने का इंतजार करते।

पारुल बैंच से उठकर, खाना लगभग खत्म कर चुके कुत्तों के पास आई।

उसका अंदाजा ठीक ही था। चितकबरू की एड़ी में चोट लगी थी। पेट भरने के बाद झुंड शांत लग रहा था। पारुल ने चितकबरू को पकड़कर जख्म का जायजा लिया।

"किसी ने पत्थर या लाठी से मारा होगा"—पारुल ने अंदाजा लगाया। खैर, अभी तो यह झुंड डिस्पर्स हो जाएगा, और मुझे भी ऑफिस के लिए निकलना है, शाम के खाने के वक्त इनका कुछ करती हूं, उसने मन में सोचा।

पारुल एक सॉफ्टवेयर कंपनी में एच आर मैनेजर थी। परिवार में बस एक मां थीं। उन्तीस साल होने तक मां ने उसकी शादी की उम्मीद संजो कर रखी थी। लेकिन जैसे ही उसने तीस पार किया, मां की उम्मीद क्षोभ में बदल गई। उसके सामने आते ही, मां अड़ोस-पड़ोस, सगे—संबंधियों के बच्चों के सुखी वैवाहिक जीवन के पुराण बांचने लगतीं।

"काजल का दूसरा बच्चा होने जा रहा है। तुमसे एक साल छोटी थी वह।" मां उसके अंदर की औरत, बीवी, मां सब को एक साथ जगाने की कोशिश करतीं।

"थी' नहीं मां, अब भी है। शादी हो गई तो मुझसे बड़ी थोड़ी है ना हो जाएगी" पारुल मां को चिढ़ाती हुई चाय पीती रहती। मां अपनी बात का मज़ाक उड़ता देख चिढ़ जातीं।

"हां हां अब तो हमारी बात तुमको मज़ाक ही लगेगी। हम मज़ाक ही तो बनकर रह गए हैं। रिश्तेदार पूछते हैं, क्या हुआ? क्यों नहीं हो रही शादी? क्या जवाब दें बताओ!"

"अरे नहीं करना चाहती मैं, बता दो सबको, उसमें क्या है!" पारुल ना जाने कितनी बार यह वाक्य दोहरा चुकी थी।

"और क्यों नहीं करना चाहती पूछेंगे तो? क्या कहें, बताओ हमें! हम कुछ भी कहें, सब यही समझते हैं कि हम नहीं होने दे रहे तुम्हारी शादी। ताकि हमारा बुढ़ापा मजे से कटे।"

"अगर ऐसा है भी तो इसमें गलत क्या है? बताओ?" पारुल मुस्कुराते हुए कहती।

संडे का दिन पारुल के इतमिनान का दिन होता है। इस दिन किसी भी बात की खाल निकालने के लिए वह फुर्सत में रहती। पूरे हफ्ते के सवाल-जवाब, काम, अटक-बिटक निबटाने वाला दिन संडे ही होता था।

लखनऊ के महानगर में अपने पैतृक मकान में रहते कुल दो प्राणी। जब पारुल की नौकरी लखनऊ में ही लग गई तो दोनों बेहद खुश हुए। अपने मकान में रहने के कई फायदे हैं। एक तो नया सेटअप जमाने का झंझट नहीं, पुराना जाना पहचाना माहौल, और एच आर ए मिलता सो अलग। पिता के देहांत के बाद अचानक रुक गई जिंदगी धीरे-धीरे पटरी पर वापस आने लगी। बैंकों में पड़ा पैसा घड़े का पानी होता है। अगर नल सूख जाए तो लबालब भरा घड़ा भी सांत्वना नहीं दे पाता। पारुल

की नौकरी लगते ही रखा हुआ सारा पैसा सेविंग लगने लगा। और साथ ही मां का अटके हुए रिकॉर्ड की तरह गाना शुरू हो गया।— 'शादी कर लो—शादी कर लो।'

शादी ना करने का फैसला पारुल ने किसी बड़ी घटना के कारण, या किसी मठ या पंथ के प्रभाव में आकर नहीं लिया था। समय जिस तरह परिस्थितियों को गढ़ता गया, पारुल उससे तारतम्य बैठाती गई। मां की उसे शादीशुदा, परिवार-संसार में देखने की हसरत उसके निस्वार्थ प्रेम की निशानी थी, और यह सोच भी कि—'एक स्त्री के जीवन में पुरुष का संरक्षण होना जरूरी है। लेकिन क्या वह खुद नहीं देख पा रही थी? कि एक बार कहीं और जोड़ जुड़ जाने से मां उसके लिए, और वह मां के लिए पराई हो जाएगी। चाहे कोई कुछ भी कहे, अपने समाज की असलियत से वो खूब वाकिफ थी। दो—तीन और लोगों के साथ, जिनको अभी वह जानती भी नहीं थी, और कुछ तो वो, जो जन्मे भी नहीं थे, उनके लिए अपने सबसे प्यारे, सबसे करीबी रिश्ते को रिस्क करे! यह उसके लिए बेहद अमानवीय खयाल था।

पारुल की कोमलता भीतर ही नहीं, बाहर भी अपने संपूर्ण वैभव के साथ मौजूद थी। तीस वर्ष की होने पर भी उसकी त्वचा बच्चों सी मुलायम थी। बाल तो इतने रेशमी और सीधे के किसी भी बैंड या क्लिप को टिकाए रखना एक चैलेंज था। नाजुक, मुलायम, गहरी आंखों वाली पारुल को कोई बिना नोटिस किए नहीं जा सकता था। यही कारण था कि बढ़ती उम्र में भी उसके लिए रिश्तों ने आना बंद नहीं किया था।

"सब हमारे नहीं, हमारी नौकरी के पीछे पड़े हैं" पारुल मां को छेड़ती। "अगर आप नौकरी करतीं, तो यह रिश्ता आपके लिए आता।"

मां को उकसाने के लिए इतना बारूद काफी होता। फिर वह अपना बचपन, जवानी और बुढ़ापा एक ही सीजन में निकाल देतीं।

"हम कभी नहीं थे ऐसे मुंह ज़ोर। कभी अपनी अम्मा से जो ऐसे बात की हो तो!! इनको पढ़ाओ, लिखाओ, और फिर यह सुनो। और पारुल चिनुका फेंक, तमाशा देखती रहती। उसके हंसने से मां की चिढ़ नाराजगी में बदल जाती। और वह एक बार फिर खाना ना खाने की भीष्म प्रतिज्ञा लेकर सो जातीं। यह लगभग रोज़ का किस्सा था। इस भीष्म प्रतिज्ञा की अवधि को पारुल ने आधे घंटे से ज्यादा कभी खिंचने भी नहीं दीया था। कुछ देर बाद साथ खाना खाते, एक दूसरे को पानी आचार पूछते, वह दिन भी बीत जाता।

ऑफिस में अपनी टेबल पर बैठी पारुल अपने ट्रांसफर आर्डर को एकटक देख रही थी। अब क्या करें! नौकरी में ट्रांसफर पोस्टिंग तो एक सामान्य प्रक्रिया है। और उसे अपने औरत होने, और घर-परिवार की मामूली मुश्किलों की दुहाई देकर ट्रांसफर रुकवाने, या आसान पोस्टिंग पाने की जुगत लड़ाना बिल्कुल सही नहीं लगता था। उसकी चिंता थी—क्या वह मां को नोएडा आने के लिए मना पाएगी?

उसे याद आ रहा था मां का फेवरेट डायलॉग— "हमारा क्या है, हाथी जैसी जिंदगी निकल गई इस घर में, अब बस पूंछ बची है, वह भी निकल जाएगी।"

"हम कहीं नहीं जाएंगे "पारुल को इसी जवाब का अंदेशा था।

"तो क्या करेंगी? अकेले रहेंगी?"

"हां रहेंगे।"

"और बाजार-सब्जी कौन लाएगा?"

"हम लाएंगे।"

"कब गई थीं आप लास्ट बाजार अकेली?"

पारुल मां को एक बच्चे की तरह समझा रही थी।

मां तुनक गई "देखो तुम हमें ना सिखाओ, शादी करो और जाओ जहां जाना है।"

"अरे अभी शादी की बात कहां से आ गई? हफ्ते भर में निकलना है जॉइन करने के लिए। होगी शादी इतनी जल्दी? आप जिद क्यों कर रही हैं! अभी वहां जाकर मकान भी ढूंढना पड़ेगा।"

"इसीलिए बोल रहे थे शादी कर लो। अब जब मुसीबत आ रही है, तो है कोई तुम्हारा साथ देने को?" मां ने घूम-घाम के फिर नाक पकड़ ली थी। पारुल भी बहस में पड़ने की बजाए सोचने लगी—'वैसे अभी से मां को ले जाने की जरूरत भी क्या है। बेकार परेशान होंगी, मैं गेस्ट हाउस में रुक कर मकान ढूंढ लूंगी, ज्वाइन करके पंद्रह-बीस दिन बाद मां को शिफ्ट करा दूंगी। अभी से बहस करके फायदा नहीं।' सो पारुल चुप चाप नोएडा जाने की तैयारियों में जुट गई।

ओएसिस ब्लू एक महंगी सोसाइटी थी। जिम, पूल, क्लब रूम, बिलियड्र्स रूम, पार्क और एक शानदार रिसेप्शन एरिया से सजी चौथी मंजिल पर उसका फ्लैट भी उसी हिसाब से काफी खूबसूरत और खुला-खुला था। पारूल ने यह सोसायटी महंगे किराए के बावजूद ले ली, क्योंकि यह ऑफिस के नजदीक थी। ऑटो रिक्शा या कार इत्यादि से बस पांच मिनट, और अगर कोई सवारी ना मिले तो लॉन्ग वॉक करते हुए भी आसानी से पहुंचा जा सकता था। ज्वाइन करे हुए दस दिन हो गए, तो पारुल ने मां को सामान सहित लिवाने की सोची, कि मां ने ऐलान कर दिया।

"मौसी आईं हैं हमारे साथ रहने। एक दो महीने रहेंगी। अभी नहीं आएंगे हम।"

पारुल भी ऑफिस का प्रेशर देखते हुए समझ नहीं पा रही थी कि छुट्टी के लिए कैसे बात करे। मौसी के आने के बाद से मां के प्रति थोड़ी चिंता कम हो गई। सोचा कुछ दिन जाना टाला जा सकता है। वह खुद भी आस-पड़ोस से परिचित हो जाना चाहती थी। गैस की पाइप लाइन थी, और राशन दूध आदि के लिए सोसाइटी से लगा हुआ सुपरस्टार था। अखबार वाले ने पहले ही दिन से अखबार बार डालना

शुरू भी कर दिया था। बाकी चीजों के लिए वह खुद ही बाजार मॉल आदि ढूंढ ही लेगी। पारुल अच्छी शुरुआत से खुश थी।

शनिवार की शाम का उपयोग इससे अच्छा क्या होगा कि घर की जरूरी चीजें खरीद कर रख ली जाएं। मां साथ आती तो भी कहीं पिक्चर आदि का सोचा जा सकता था।

पारुल जूट का बैग लेकर पास वाले सुपरस्टार की तरफ चल पड़ी। सोसायटी के गेट से बाहर निकलते ही इन कुत्तों के झुंड ने उसे घेर लिया। पारुल डरी नहीं, कई और लोगों की तरह वह जानवरों से डरती नहीं थी। कुछ देर पारुल वहीं खड़ी रही। वह पैरों के पास सिमट आए कुत्तों के झुंड की याचना भरी नजरें खूब पहचान रही थी।

"रुको थोड़ा, लाती हूं तुम्हारे लिए भी कुछ," पारुल बोली। इस अनजान शहर में यह पहले प्राणी थे जो पारुल से सीधे मुखातिब हुए थे। मानव सभ्यता जब पोश दर पोश होती जाती है तो उसमें नजरों को मिलाना, उत्सुकता दिखाना, बेमतलब बात करना, अभद्रता के दायरे में आता है। सोसाइटी में पारुल की केवल अपने मकान मालिक से बात हुई थी। वह भी फोन पर। वह भी जब उसके ब्रोकर ने डील फाइनल कर दी तब।

घर के सामान की होम डिलीवरी करवा पारुल ब्रेड और बिस्किट के पैकेट ले कर दुकान से निकली। तभी जेब में रखा फोन बजने लगा। सामान संभालते हुए मुश्किल से फोन निकाला, तो मौका पाकर क्लिप से बाल छूट गए। और चेहरे में बिखर गए। 'लतिका' नाम पढ़कर पारुल की आंखें चमक गई।

"हाय!!" पारुल ने चहक कर कहा। लेकिन लतिका गरज रही थी।

"किडनैप हो चुकी हो? या होने वाली हो?"

"क्या बोल रही हो?" पारुल बोली।

"और क्या बोलें?" लतिका अब भी उखड़ी हुई थी। "फोन ना करने का क्या बहाना बनाओगी? बोलो?"

पारुल हंसते हुए बोली "कुत्तों को खाना खिला रहे हैं।"

"जै बात बेटा!! लगा तो हमें भी था, आजादी का फायदा उठाया जा रहा होगा। नाम क्या है?" लतिका का सुर बदल गया।

"हम सच बोल रहे हैं। हर जगह डबल मीनिंग ना घुसाया करो, समझीं!!"

पारुल रस्ते में दीवार से सट कर खड़ी हो गई थी। लतिका के फोन आने पर वह आधा समय तो हंसते ही रह जाती थी।

"स्ट्रीट्स डॉग्स है, सात-आठ, उन्हीं को खाना खिला रहे हैं, बोलो तो फोटो भेजें?" पारुल ने उसी मज़ाकिया अंदाज में जवाब दिया।

"अमां, रहने दें!! पर ज़रा ध्यान रहे, जब पालने का दिल करे तो नस्ल

जरूर देख लीजियेगा" लतिका मूड में आ गई थी। पारुल कान और कंधे से फोन दबाए कुत्तों को बिस्किट ब्रेड बांटते हुए बोली," हा हा हा सुधर जाओ लतिका! बता रहे हैं तुम्हें!"

लतिका की गोल-गोल बातों में उससे बड़ा रस आता था। उसे लखनऊ की गंजिंग के दिन याद आने लगे। हजरतगंज के घुमक्कड़ी को लखनऊ वाले प्यार से गंजिंग कहते हैं। एक बार हजरतगंज की ही बात है, वह और लतिका चाट की दुकान के सामने अपनी बारी का इंतजार कर रहे थे। तभी एक भिखारिन लतिका और उसके बगल में खड़े एक आकर्षक, लंबे-चौड़े युवक को साथ संबोधित करती बोली-' दे दे बेटा, गरीब की दुआ लगेगी, भगवान तुम्हारी जोड़ी सलामत रखे।' लतिका ने उस अनजान युवक पर एक भरपूर नजर डाली। युवक भी उस भिखारिन की बातों से झेंपा हुआ लग रहा था। लतिका कि आंखों में खुराफाती चमक आ गई। वह मुस्कुराते हुए भिखारिन के कंधे पर हाथ रख कर बोली –

"अरे वाह! क्या बात कही! दिल खुश कर दिया!" और हाथ में पकड़े पैसों से एक दस का नोट निकालकर, भिखारिन के हाथ में पकड़ा दिया।

कुछ सेकंड के सन्नाटे के बाद हम तीनों ही हंस हंस बेहाल हो गए। लड़के ने शिष्टाचार वश अपना परिचय दिया, और एक खूबसूरत दोस्ती की शुरुआत हो गई। ऐसी थी लतिका! उसकी बातों का कभी सीधा मतलब नहीं होता था।

लतिका लगातार तुर्रे छोड़े जा रही थी। और पारुल कान से फोन चिपकाए बस हंसे जा रहे थी।

एकाएक पारुल की नजर अपनी बिल्डिंग की तीसरी मंजिल पर पड़ी। उसके फ्लैट के ठीक नीचे वाले फ्लैट में एक लड़का बालकनी की रेलिंग से टिका, उसे घूरे जा रहा था। हाथ में सिगरेट, कसरती बदन, देखने का तरीका निहायत ही निर्लज्ज। बिस्किट ब्रेड सब बंट चुके थे। पारुल हाथ झाड़ती हुई बिल्डिंग के भीतर चल दी। उसका मन तो वहीं रुक कर कुत्तों को खाते हुए देखने का कर रहा था। पशु प्रेमियों का यही तो आनंद होता है। लेकिन बालकनी से घूरता वह लड़का उसे असहज करने लगा, और साथ में लतिका के पंच लाइनें और चुटकुले हंसने पर मजबूर कर रहे थे। गेट से भीतर घुसते हुए पारुल अपनी पीठ पर उन नजरों को गड़ता सा महसूस कर रही थी। लिफ्ट का बटन दबा, पारुल इंतजार करने लगी। जैसे ही दरवाजा खुला, सामने उसी लड़के को देख कर चौंक गई। लड़का बाहर नहीं निकला। पारुल ने लिफ्ट में फोर्थ फ्लोर का बटन दबाया। उसे अजीब लग रहा था, अगर यह ग्राउंड फ्लोर तक आया है, तो बाहर क्यों नहीं निकला? और अगर उसे कहीं और जाना है, तो फिर कोई दूसरा बटन क्यों नहीं दबा रहा?

लड़का बुरी तरह पसीने से नहाया हुआ था, जैसे एक्सरसाइज करके पोछा ना गया हो। हाथ में सिगरेट तो नहीं थी, लेकिन ताजे धूम्रपान की गंध से छोटी से

लिफ्ट महक रही थी। अपनी मंजिल आते ही पारुल बाहर निकल गई। लिफ्ट का दरवाजा बंद होने तक वह महसूस कर पा रही थी कि लड़का घूरे जा रहा है। लड़के की उम्र कोई बाईस-तेईस साल की होगी। दाढ़-मूछ और कसरती बदन के बावजूद लड़का पच्चीस से ज्यादा का तो बिल्कुल नहीं होगा, पारुल ने अंदाजा लगाया। यह पहला अवसर नहीं था जब पारुल को अवांछित 'अटेंशन' का सामना करना पड़ रहा था। स्कूल, कॉलेज, दफ्तर और आने-जाने के रास्ते में चुभती—घूरती नजरों से पारुल खूब वाकिफ थी। यह सिलसिला तो बचपन मैं कक्षा चार से ही शुरु हो चुका था। जब स्कूल के चलते रिक्शे में किसी ने उसकी चोटी खींच दी थी। पारुल ने कोहराम मचा दिया था। पहले टीचर, और फिर मां ने उसे चुप रहने, और आगे के लिए सतर्क रहने को कहा था। उस दिन के बाद से पारुल ने रिक्शे में स्कूल से आते जाते गाना छोड़ दिया था। वह चौकन्नी चिड़िया की तरह संभावित खतरे के लिए तैयार रहती थी।

कक्षा 8 में एक बार पैदल स्कूल से घर आते हुए, एक लेबर से दिखने वाले साइकिल सवार ने उसके सीने पर हाथ मार कर उसकी कोमल अविकसित छातियां नोच डाली थीं। अचानक हुए इस हमले से पारुल जड़ हो गई थी। साइकिल सवार वह आदमी दूर तक पीछे मुड़ मुड़ कर हंसता हुआ उसे हाथ हिलाता जा रहा था। मई की सुनसान दोपहरी में अगर वह कुछ और मंसूबे लेकर वापस आ गया तो? पारुल बेसाख्ता घर की तरफ दौड़ पड़ी थी। पापा उसकी हर छोटी बड़ी तकलीफ में चिंतित होकर उसका साथ देते थे। लेकिन यह बात मां ने पापा को बताने नहीं दी। शायद बाद में बताया हो, मालूम नहीं। स्कूल की सफेद शर्ट खोलकर, लाल पड़ी छाती देख मां सिहर गई थी। और रोती हुई पारुल को 'निविया' लगाकर सुला दिया था। इस हिदायत के साथ, के इस बात का जिक्र किसी से ना करे।

गर्म पानी का शावर पारुल का सबसे आसान, और अक्सर कारगर तरीका होता था, छोटी मोटी नकारात्मकता से छुटकारा पाने का। नहा कर जैसे ही उसने सोफे पर बैठकर टीवी का रिमोट उठाया, दरवाजे की घंटी बजी। सामान आया, सोचकर पारुल ने दरवाजा खोला तो देखा, सामने वही लड़का एक आदमी के साथ दरवाजे पर खड़ा है।

"कहिए?" पारुल ने पूछा।

"मैडम आपके ए सी से पानी सर की बालकनी में गिर रहा है। चेक करना है।"

"अंअंअं।" ...दो तीन सेकंड के अंतराल के बाद पारुल संभलकर लड़के की तरफ देखती हुई बोली "आप हमारे नीचे के फ्लैट में रहते हैं?" प्रश्न बेहद सामान्य और शिष्टाचार वर्ष पूछा गया था। ताकि परिचय आदि के बाद पड़ोसी धर्म निभाते हुए वातावरण का टेंशन कुछ कम किया जा सके।" जी हां, मेरा नाम रणवीर है, और मैं आपके नीचे रहता हूं और, आप मेरे बिल्कुल ऊपर" पूरा वाक्य

एक कुटिल और अभद्र मुस्कान के साथ बोला गया था। पारुल कक्षा चार की उस छोटी चिड़िया की तरह चौकन्नी हो गई जिसकी कोई छोटी खींच कर भाग गया था।

द्वीअर्थी बातों की समझ पारुल को किस उम्र से हुई—उसे याद नहीं। एक बार एक पिक्चर आई थी 'दलाल', उसमें एक गाना बहुत प्रचलित हुआ था, 'चढ़ गया ऊपर रे, अटरिया पे लोटन कबूतर रे" वह और पड़ोस की ट्विंकल इस गाने पर बेड में चढ़कर खूब नाचा करते थे।'गुटर गुटर' बोल पर कबूतर की एक्टिंग कर लोटपोट हो जाते। एक बार मां ने बहुत ध्यान से उनका गाना सुना, और फिर एक डांट लगा कर चुप करा दिया। "खबरदार यह गाना मत गाना! कोई और गाना गाओ!" वजह पूछने पर कोई जवाब नहीं!

"अरे गाने क्यों नहीं दे रही हो हमें?" पारुल के प्रतिवाद पर मां की घुड़कियां और प्रबल हो जातीं। बिना वजह बताए, बिना अपराध, ऐसे प्रतिबंध पारुल की उर्जा क्षीण कर देते। उसे महसूस होता कि वह किसी अंधेरे कमरे में बैठी है, और चारों तरफ बस खतरा, और कुछ गलत है। पारुल ने रणबीर से ज्यादा बात करना ठीक नहीं समझा। ठीक है देख लीजिए कहकर वह एक किनारे हटकर खड़ी हो गई। रणबीर और दूसरे आदमी ने घर में प्रवेश किया। लेकिन पारुल खुले दरवाजे के पास ही खड़ी रही। दोनों आदमी बेडरूम की बालकनी में जाकर झुक झुक कर पड़ताल कर रहे थे।

"मैडम यहां तो कुछ नहीं मिला," वापस आकर रणबीर के साथ आया आदमी बोला, जो शायद सोसाइटी का प्लंबर था।" ऊपर की मंजिल में देखना पड़ेगा "कहता आदमी घर से बाहर निकल गया। रणबीर ने जाने की कोई जल्दी ना दिखाई। वह जिस तरीके से पारुल को, और घर को देख रहा था, निहायत ही अशिष्ट और अभद्र था। पारुल दरवाजा बंद कर सोफे पर धंस गई। क्या कहे, किससे कहे, कुछ हुआ तो नहीं, लेकिन रीढ़ में सुरसुरी वही पुरानी जैसी। उसने बहुत पहले सीख लिया था कि रास्ते में सीटियों पर नहीं मुड़ना है। फब्तियों पर रिएक्ट नहीं करना है। लेकिन कोई अपने घर में घुसकर असहज करे तो? मां से कह कर कोई फायदा नहीं, वह तो यही कहेंगी—

"हम तो कह रहे हैं शादी कर लो, अकेली लड़की को तो लोग छोड़ेंगे ही।"

लगभग रोज ही जब पारुल अपने मूक मित्रों की पेट पूजा की खातिर निश्चित स्थान पर पहुंचती, तो बालकनी में रणवीर पसीने से भीगी अपनी बाजुओं की मछलियां चमकाता मौजूद रहता। पहली बार के बाद, दो बार और, किसी ना किसी बहाने से घर भी आ चुका था। हालांकि पारुल ने उसे भीतर आने नहीं दिया। दरवाजे से ही टरका दिया, पर रणबीर का बेमतलब धमकना उसे असहज कर रहा था।

"क्या हाल हैं! मलिका-ए-पारुल!"

लतिका की आवाज भी पारुल का तनाव कम नहीं कर पाई।

"ठीक हूं यार" उसकी थकी आवाज सुनकर लतिका चौकन्नी हो गई।

"नहीं, बिल्कुल ठीक नहीं हो तुम, बोलो क्या हुआ?"

"वह बताया था ना मैंने उस दिन, थर्ड फ्लोर वाला लड़का, ब्लडी क्रीप यार! परेशान कर रहा है। पारुल की आवाज में थकावट के साथ-साथ कोफ्त भी थी।

"अरे जोर से धमकाओ! ऐसे कैसे! उसके घर जाकर शिकायत करो। डरना नहीं।"

लतिका उत्तेजना में बोली।

"डर नहीं रहे हैं "कहने को तो पारुल ने कह दिया, पर अनजान शहर में यह अनचाही रैगिंग उसके जेहन में दबाव बना रहीथी। ऑफिस के लिए घर से निकलना हो, या वापस आकर लिफ्ट का वेट करना, उसे हर समय घूरे जाने का या रणबीर से टकरा जाने का डर खाए जाता था।

"आंटी को बताया?" लतिका ने पूछा

"अरे नहीं! पागल हो क्या! वह क्या करेंगी? लेकिन अब लग रहा है मां को बुलवा लेती हूं। उनके आने से शायद लड़का तंग ना करे। लतिका, मां को समझाओ ना एक बार जाकर, उन्हें लगता है अगर वह मेरे साथ नहीं रहेंगी तो मैं शादी कर लूंगी।"

"ठीक है, जाएंगे तुम्हारे घर ", लतिका ने पारुल को भरोसा दिलाया।

दूसरे दिन मां का ऑफिस में ही फोन आ गया। "हम आ रहे हैं नोएडा।"

"अच्छा "पारुल मुस्कुराने लगी

"तो कब आएं लेने?"

"तुम्हें आने की जरूरत नहीं, हम खुद आ जाएंगे।"

"और सामान?" लतिका ने पूछा

"वह बाद में आ जाएगा, और फर्निश्ड फ्लैट में कितना लगाओगी?" मां ने दलील दी।

"वह तो ठीक है...पर चलो, ठीक है, किसके साथ आ रही हैं?"

पारुल उनसे बहस नहीं करना चाहती थी, कि कहीं मां मन ना बदल दें।

"हम परसो पहुंच रहे हैं, और साथ की फिकर ना करो, मौसी है ना, हम स्टेशन से घर भी आ जाएंगे, आने की जरूरत नहीं है, बस एड्रेस भेज दो—समझी।"

पारुल बहुत खुश थी "समझ गई, आ जाओ फटाफट।"

वीक डे होने के कारण मां मौसी को स्टेशन लेने जाना व्यवहारिक भी नहीं था, पर पारुल मां से लगातार फोन पर खबर ले रही थी।

"घर की चाबी बड़े वाले फूलदान के नीचे रखी है।" उसने मां को हिदायत दी।

उसे घर पहुंचने की बेताबी थी। लिफ्ट में रणबीर को देखकर आज बस कोफ्त हुई। मां के आ जाने से जैसे सब कुछ बदल गया हो।

अतिरिक्त चाबी से दरवाजा खोलकर जैसे ही पारुल ने भीतर कदम रखा, वह चौंक कर जहां थी, वहीं खड़ी रह गई। सामने सोफे पर कोई अनजान ही बैठा था। जो उसे देखते ही मुस्कुराता हुआ उठ खड़ा हुआ।

"आइए पारुल जी।"

वह कुछ कहती इससे पहले ही रसोई से मां बाहर आ गईं।

"अरे आ गई तुम!" और मुस्कुराती हुई उसे गले लगाने आगे बढ़ीं।

प्रश्न भरी निगाहों में औपचारिक स्मित के साथ, पारुल, कभी मां को देखती तो कभी उस अपरिचित को।

"यह अंबर हैं, मौसी की तरफ के हैं।"

"मौसी कहां है?" पारुल ने खुद को समेटते हुए पूछा।

"अरे वह घर गईं। लखनऊ से हम इनके साथ ही आए हैं।" मां ने खुलासा किया।

"बैठिए" मुस्कुराते हुए पारुल बस इतना ही कह पाई।

उसे मां के ऊपर गुस्सा आ रहा था। उसे बता तो सकती थीं!! लेकिन मां पर कब उसका जोर चला था, जो अब चलता। वे अपने मन की थीं, और अपने मन की ही रहेंगी।

"मैं अभी जरा..." पारुल ने वाक्य बनाने की कोशिश की।

"अरे हां! हां! बिल्कुल! आप फ्रेश हो कर आइए, अभी अभी ऑफिस से आई हैं।" अंबर ने कहा। पारुल भीतर दौड़ गई। पीछे पीछे मां भी कमरे में पहुंची। पारुल अपने झल्लाहट छुपा ना पाई। दरवाजा बंद कर दबी आवाज में मां से बोली—"कौन हैं ये?"

"अरे, बताया तो अभी "मां उसकी झल्लाहट से दबने वाली नहीं थीं। "मौसी की जेठानी की बहन का बेटा, अंबर।"

"बता तो सकती थीं"

"अरे क्या बताती तुम्हें! तुम तो हर बात में ना-ना करती हो। मिल रहा था साथ, सो आ गए। तुम भी तो मिली हो इनसे पहले।"

"कब?" पारुल हैरत से बोली। ऐसे व्यक्तित्व से मिल कर भूल जाना संभव नहीं था।

"अरे! मौसी की शादी में।"

"गजब करती हो मां! मौसी की शादी में हम पांच साल के थे।"

पारुल को समझ नहीं आ रहा था कि मां सीरियस हैं, या मजाक कर रही हैं।

"तो वह भी तो पांच साल का ही था! बरात में नाच रहा था सबसे आगे, देखा तो है वीडियो तुमने।" मां अपने पॉइंट पर अड़ी रही।

बहस करने का कोई फायदा नहीं था। पारुल हार कर बोली," कब तक

रहेंगे यहां?"

"यहां दिल्ली में उन्हें कुछ लोगों से मिलना है, मिलकर चले जाएंगे। तुम भी ना! शहर में रहते छोटे दिल की हो गई हो। जब हम छोटे थे तो घर में कोई ना कोई आया रहता था। बिना सूचना दिए खाना खाने वालों की तो पूछो मत। आजकल महीनों सालों में एकाध कोई आता है, तो उसको देखकर भी मुंह बनाते हो तुम लोग। आओ जल्दी बाहर कपड़े बदल कर हमने चाय बना रखी है।"

मां का चिर परिचित नो नॉनसेंस स्वर सुनकर पारुल को घर पहुंचने का सा सुकून मिला। वह प्रत्युत्तर में बस मुस्कुरा दी।

बाहर चाय की टेबल पर पारुल ने देखा अंबर भी कहीं बाहर जाने के लिए तैयार बैठा है। "आज डिनर पर किसी से मिलना है, आप खाने के लिए इंतजार मत कीजिएगा। अंबर ने शिष्टतापूर्वक कहा। पारुल को राहत मिली चलो मां के साथ कुछ देर अकेले में मिलेगा, वरना इस छोटे से फ्लैट में बातें करने के लिए फुसफुसाना पड़ता है।

सामान्य बातचीत के लिहाज से पारुल ने पूछा—"आप क्या करते हैं अंबर जी?"

"बिजनेस। मेरा केमिकल का बिजनेस है" अंबर बोला।

पारुल के जेहन में बेतरतीब से, मोटे पेट वाले, बहुत से अंगूठियां पहने, फोन में चिल्लाते हुए लालाओं की छवि कौंध गई। जिनकी फूलदार कमीजों के बटन अपनी आखिरी सांस तक लालाजी की इज्जत बचाने की सौगंध खाए, कमीज़ के काज में अपनी गर्दन फंसा कर रखते हैं। लाला जी के खांसने, छींकने से छिटकते उन शहीदों के अवशेष फिर कभी नहीं मिल पाते।

"यह कहां से बिजनेस मैन लगता है भाई!!"

छह फुटा शरीर, कटिंग बोर्ड सा पेट, कंधे ऐसे के कोई लट्‌ठ नाप ले, तराशी हुई ठोड़ी में उल्टा उस्तरा फेरी धूप-छांव सी दाढ़ी। पारुल की नजर अंबर के हाथों पर पड़ी, उसने कहीं पढ़ा था कि 'अ मैन इज़ नोन बाय हिज शूज', पर उसे इंसानी हाथ ज्यादा आकर्षित करते थे। उसे लगता था कि इंसान के हाथों से उसके बारे में बहुत कुछ पता लगाया जा सकता है। अंबर के मजबूत, अंगूठी रहित हाथों में बस एक कलाई घड़ी बंधी थी। मुड़ी हुई आस्तीनों से झलकती मांस पेशियों के लोहपाष पर पारुल को जरा भी संदेह न था। बस अंबर की गहरी अध खुली आंखों में थिरकते काले मोती सी पुतलियां, उसके कुशल व्यापारी होने का संकेत दे रही थीं। पारुल ने झट नजरें चाय की प्याली के पास रखी नाश्ते की प्लेट पर टिका दीं।

"बिस्किट लीजिए" पारुल ने सहजता बनाए रखने की खातिर अंबर से कहा।

"अरे हमने तो अभी पराठे खाए हैं, आप लीजिए। अच्छा, आपके थर्ड फ्लोर वाले नेबर आए थे। बाथरूम की वजह से उनके घर में कुछ सीपेज है। कह रहे

थे, आपके बाथरूम में काम करवाना चाहते हैं। हमने कहा आप घर पर नहीं है अभी, बाद में आइएगा।"

पारुल के चेहरे पर चिंता की लकीरों को देखकर मां ने पूछा "क्या बाथरूम तुड़वाना पड़ेगा?" "अरे नहीं मां, यह लोग ऐसे ही हैं, जानबूझकर परेशान करते हैं, फिकर ना करो मैं मैनेज कर लूंगी"

पारुल अंबर के सामने ज्यादा कुछ नहीं कहना चाहती थी।

अंबर के जाने के बाद उसने तफसील से सारी बात मां को बताई। कैसे इस रणवीर नाम के लड़के ने उसका सांस लेना दूभर किया हुआ है। लतिका मां को पहले ही काफी कुछ बता चुकी थी, यही कारण था कि मां इतनी जल्दी नोएडा आने को तैयार हुई थीं।

दूसरे दिन सवेरे पारुल ऑफिस जाने के लिए तैयार हुई तो उसने पाया कि गेस्ट बाथरूम पार्क एवेन्यू के 'मैंस ओन्ली' प्रोडक्ट की अपरिचित सुगंध से महक रहा है।

"अरे! यह भी उठ गया क्या इतनी जल्दी?" उसने मन ही मन सोचा।

सफर की थकान की वजह से मां सो रही थीं। उसने झटपट दो कप चाय बनाई, और कुछ टोस्ट सेक लिए। इससे ज्यादा वह कुछ खाती भी नहीं थी। अंबर की खातिर कुछ सूखा नाश्ता भी उसने प्लेटों में निकाल दिया। सफेद शर्ट के ऊपर नीला समर ब्लेजर पहने अंबर कमरे से बाहर आया। वह गीले बालों को कंघा कर उन्हें करीने से बिठा चुका था। लेकिन कुछ लटें सूखते से ही छिटक कर माथे पर कुंडली मार बैठ गईं थीं। उसे देखते ही पारुल की एक-दो धड़कन इधर-उधर हो गई।

दिनभर असंख्य स्त्री पुरुषों के बीच काम करने की आदी पारुल खुद अपनी स्कूली छात्राओं सी मनोदशा समझ नहीं पा रही थी। आखिरकार उसे एहसास हुआ कि उसने इतना आकर्षक व्यक्तित्व अभी तक सिर्फ पत्रिकाओं में ही देखा था। जिस कारण वह कुछ हड़बड़ा जा रही है। वरना गुड मॉर्निंग का जवाब "हैं?" नहीं होता। जब अंबर ने दोबारा मुस्कुराते हुए 'गुड मॉर्निंग' कहा, तब तक पारुल खुद को हजार गालियां दे चुकी थी। उसने—"गुड मॉर्निंग, आपकी चाय" एक साथ निपटा कर फिर मौन धारण कर लिया।

चाय का सिप लेते-लेते अंबर ने कहा "शायद आपको मेरे आने के बारे में पता नहीं था।"

वाक्य इतना सपाट, और आडंबर हीन था, कि पारुल से सच के सिवा कुछ ना कहा गया।

"जी, मौसी की जगह आपको देखकर मैं थोड़ा सरप्राइजड हो गई थी।"

"तब तो आपको यह भी नहीं बताया होगा कि मैं यहां क्यों आया हूं?" अंबर ने फिर पूछा।

"नहीं! नहीं! , मां ने बताया कल, आप अपने बिजनेस एसोसिएट से मीटिंग

करने दिल्ली आते रहते हैं।" पारुल ने आत्मविश्वास की प्रत्यंचा को खींचकर चढ़ाना चाहा।

"वह तो मैं हर दो-तीन महीने में आता हूं, और दिल्ली ही रहता हूं, पर इस बार मेरे यहां आने का कारण आप हैं, यह मेरी मम्मी, मेरी मौसी, और आपकी मम्मी, और आप की मौसी के सम्मिलित प्रयासों का फल है।"

अंबर टोस्ट की एक बाइट लेकर मुस्कुराता हुआ बोला।

"हां, शुरुआत मैंने ही की थी, आपकी फोटो देखकर पूछा था—यह कौन है? और बाकी सब होता चला गया।" अंबर चाय पीते पीते बोला।

आत्मविश्वास की जो प्रत्यंचा बड़ी मुश्किल से पारुल जमा चुकी थी, वह छूट गई। उससे कुछ कहते नहीं बन रहा था। "ओह" भी नहीं।

खिसियाहट से बचने के लिए हास्य व्यंग्य हमेशा कारगर नहीं होता।

"तो फिर बात पक्की समझें?" कहते ही पारुल को अपनी गलती का एहसास हो गया।

अंबर चाय का कप टेबल पर रख बेसाख्ता हंस रहा था।" यू आर फनी"

यह क्या कह दिया उसने!!

' मजाक की उंगली पकड़ कर पुरुष पौंचू तक पहुंच जाते हैं, पारुल! हंसमुख लड़कियों को लोग फ्री मान लेते हैं' लतिका ने एक दिन बातों बातों में कहा था।

अपनी पसीने से लथपथ हथेलियों की मुट्ठी बनाती हुई पारुल उठ खड़ी हुई।" चलिए, शाम को मिलते हैं। अभी ऑफिस को निकलना है।" "रुकिए मैं ड्रॉप कर दूंगा आपको," अंबर ने कप नीचे रखते हुए कहा। कल की तरह कार उसका गेट पर इंतजार कर रही थी।

"नहीं! नहीं! मेरा ऑफिस तो दो कदम पर है, मैं पहुंच जाऊंगी।" कहती पारुल जवाब का इंतजार किए बिना मां को बाय करती हुई घर से बाहर निकल गई। फोन पर मां को घर का हिसाब किताब समझा पारुल ऑफिस के काम में उलझ गई। शाम को जब उसने घर का दरवाजा खोला तो पाया शांति पसरी है। मां उसके कमरे में पर्दा लगा कर सो रही हैं। उसने धीरे से अपने कपड़े उठाए और बाहर निकल गई। गेस्ट रूम भी खाली था, अलबत्ता आफ्टशेव की हल्की खुशबू अभी भी कमरे में विद्यमान थी। पारुल दरवाजा बंद कर कपड़े बदलने लगी। कपड़े पहनने से पूर्व उसने जैसे ही पंखा चलाने के लिए स्विच की तरफ हाथ बढ़ाया—बालकनी का स्लाइडिंग डोर घररर से खुला, और पर्दा हटाता अंबर कमरे में दाखिल हो गया। अंबर को देख जितनी पारुल अवाक थी, अंबर भी उतना ही चौंक गया।

"ओह! सॉरी! सॉरी! आई एम एक्सट्रीमली सॉरी! कहता अंबर झट बालकनी में वापस चला गया।

पारुल ने किसी तरह कांपते हुए कपड़े पहने, और चुपके से अपने कमरे

में आकर मां के बगल में लेट गई। उसका गाल और माथा रक्त के बहाव को महसूस कर पा रहे थे।

माय लाइफ, माय रूल्स के सिद्धांत का जाप करने वाली पारुल को नियंत्रण से बाहर जाता कुछ भी परेशान कर जाता था। शायद यह गुण उसे मां से ही मिला था।

"मां यू आर अ कंट्रोल फ्रीक" उसने कई दफा मां से चिल्लाकर कहा था।

"और तुम, तुम तो जैसे बहुत ही फ्लैक्सिबल हो" मां झट से जवाब पटक देतीं। आज जिस स्थिति में वह खुद को पा रही थी, सब मां की वजह से था। उसे गुस्सा आ रहा था। एक तो बताया नहीं किसे साथ ला रही हैं। ना ही यह बताया कि क्यों ला रही हैं। क्या सोच रही थीं कि हम बस देखकर निहाल हो जाएंगे? और यह एंबेरेसिंग सिचुएशन! कैसे निपटें!

"अरे तुम कब आईं?" मां ने करवट लेते हुए पूछा। गुस्से में जवाब देने के बजाय पारुल ने खुद सवाल दाग दिया "क्या मां? यह अंबर क्या हमें देखने आए हैं?"

मां और बेटी फिर ताइक्वांडो के योद्धाओं की तरह आमने-सामने जम गईं। अपने अपने पैंतरों से एक दूसरे को धराशाई करने।

"कब तक इस तरह के उल्टे सवाल कर के मुश्किलें पैदा करती रहोगी?" मां झुकने वाली नहीं थी।" हम मां है कि नहीं तुम्हारी? हमारी कुछ जिम्मेदारियां है कि नहीं?"

"क्या उल्टा सवाल किया हमने? क्या यह सब जानना जरूरी नहीं है हमारे लिए?"

"तो हम क्या छुपा कर शादी कर देंगे तुम्हारी?"

"कब बताने वाली थीं आप हमें?"

"कल आए हैं, आज बैठकर बताते तुम्हें, और तुम तो चढ़ी जा रही हो!"

"मां, उसे बता कर लाई हो, और हमें आज बताने वाली थीं? आप हमारी तरफ हो या उनकी तरफ?"

"तुम्हें बताते, तो आने देती उसे यहां? तुम्हें जानते नहीं क्या हम! इतना लायक, सुदर्शन होने के बावजूद अंबर तुमसा अकड़ू नहीं है। अपने मां-बाप की बात सुनकर आ गया हमारे साथ। और एक तुम हो," मां गरजी।

"अपने मां-बाप की बात सुनकर नहीं, वह तो..." पारुल ने बात आधी ही छोड़ दी। फोटो वाली बात का जिक्र करना उसे सही नहीं लगा। मां ने बीच में ही टोक दिया—"अब चुप रहो जरा, घर आए का सम्मान भी भूल चुकी हो क्या? क्या सोचेगा वह, सुनेगा तो, उसने इतनी बड़ी समस्या सुलझाई है तुम्हारी, कुछ पता भी है तुम्हें!!"

"क्या समस्या सुलझाई है?" पारुल असमंजस में और आतंकित दोनो थी। कोई और उसकी ज़िंदगी में घुस आए, और बिना पूछे प्रॉब्लम सॉल्वर बन जाए,

यह विचार ही उसके लिए असहज करने वाला था।

"क्या, कौन सी समस्या सुलझाई?" पारुल और परेशान हो उठी।

"वह थर्ड फ्लोर वाला लड़का फिर आया था, हमारे बाथरूम में काम करवाने। तो अंबर ने कहा—'पहले आपका बाथरूम देख लेते हैं, मेरा यही बिजनेस है 'रणबीर मना नहीं कर पाया। उसके घर पर बाथरूम की पड़ताल कर सारी फिटिंग्स बदलवा दी अंबर ने, रणवीर के पिता को करीब बीस-पच्चीस हजार की चपत पड़ गई। बाकी अंबर खुद ही बताएंगे, पूछ लो जाकर, कह रहे थे—"अब कोई नहीं आएगा परेशान करने।"

मां अंबर का पराक्रम अपनी उपलब्धि की तरह पारुल को सुना रही थी।

"क्या मतलब? आपने बताया क्या अंबर को रणबीर के बारे में?" पारुल उखड़ कर बोली। "और नहीं तो क्या करते? तुम से, या हमसे संभलता वह लड़का?" मां ने तर्क दिया।

"मां, यह सब बताने की क्या जरूरत थी? मैं कर रही थी ना मैनेज!"

पारुल को लग रहा था कि वो एक अजनबी के सामने परत-दर-परत खुलती जा रही है।

"आप पर्सनल बातें लोगों के साथ शेयर कर रही हैं।"

"हम चाय बनाने जा रहे हैं, बाहर आ जाओ" यह मां की पुरानी आदत थी जिसका मतलब था, अब बस!

"अंबर बताएंगे तुम्हें पूरी बात" मां चाय पीते पीते बोली।

पारुल को यूं ही लगा, या सच में, अंबर की आंखों में एक दबी हुई हंसी थी, कहा नहीं जा सकता। उसने फौरन नजरें फेर लीं। और सिमट कर बैठ गई। अनायास ही पारुल उस दुर्घटना का पुनरावलोकन करने लगी—

खुले बाल, काले अंत: वस्त्र, और पंखे की स्विच की तरह बढ़ा हुआ उसका हाथ। अंबर को देखने के बाद भी वह खुद को ढकने की कोशिश नहीं कर पाई थी। बस एक झटका खाकर जड़ हो गई थी।

"थर्ड फ्लोर में बाथरूम की सीपेज उन्हीं के फॉल्टी फिटिंग इसकी वजह से थी। प्लंबर ने बताया भी था उन्हें, पर शायद यह रणबीर कुछ नोटोरियस टाइप बंदा है, जानबूझकर परेशान कर रहा था, इसलिए मैंने उनके ठीक-ठाक फिटिंग्स भी बदलवा दीए, बहुत फटका लगा बेचारे को।"

पारुल अंबर की बातों पर कुछ खास प्रतिक्रिया नहीं दे पाई। उसका ध्यान अब भी अंबर की आवाज़ आंखों में अपनी दुर्दशा के अवशेष तलाशने में व्यस्त था।

जब मां ने कहा—"काफी दिन से परेशान थी पारुल" तो जवाब में पारुल का स्वर कुछ तल्ख हो गया।

"ऐसी बात नहीं है मां, यह तो सामान्य सी चीज़ है। फ्लैट्स वगैरह में तो

ऐसा होता ही है। खामखां छोटी सी बात का बखेड़ा क्यों बनाना।"

पारुल से बेचारगी बर्दाश्त नहीं हो रही थी।

"खूब हंसी उड़वा ली आपने हमारी" अकेले में पारुल मां पर बरस पड़ी।

"अरे अब क्या हुआ?" मां अचकचा कर बोलीं। "मां मैं कमाऊ लड़की हूं, आपका और अपना ख्याल रख सकती हूं, आप क्यों मुझे यह मनवाने पर तुलीं हैं कि किसी पुरुष के बिना मेरा गुजारा नहीं हो सकता? मुझे किसी पुरुष के संरक्षण की जरूरत नहीं। आपने तो उसके सामने मेरी कोई इज्जत भी नहीं रखी। मुझे बताने की भी जरूरत नहीं समझी कि कोई देखने आ रहा है। और अब घर की परेशानियां उसके सामने खोल कर बैठ गईं। आपके अंदर औरत होने की हीनता होगी, मेरे अंदर नहीं है। आप अंबर को वापस भेजिए, मुझे नहीं करनी कोई शादी।" पारुल एक ही सांस में बोल गई। मां ने उस दिन फिर रात खाना नहीं खाया, और इस बार पारुल ने उन्हें मनाया भी नहीं। अंबर का तो खाना बाहर ही था, तो खुद भी बिना खाए मां के बगल में एक कोना पकड़ कर सो गई।

सुबह अंबर की वापसी थी। मां को आसपास ना पाकर पारुल ने अंबर से साफ-साफ कहने का मन बना लिया।

"अंबर जी, नथिंग पर्सनल, बट आई एम नॉट कीन ऑन गेटिंग मैरिड एज़ यैट। कोई कारण नहीं है, बस लगता है सब ठीक चल रहा है, और ऐसे ही चलता रहे। मां-मौसी लोग तो प्रेशर देंगे ही, लेकिन मैं अपना फैसला खुद लेना चाहती हूं। सबने एक ओकवर्ड सिचुएशन तो पैदा कर ही दी है, बट आई होप यू विल अंडरस्टैंड।"

"अरे इट्स कंपलीटली कूल! अंबर कुछ रुक कर बोला। अरेंज्ड मैरिज में तो यह सब होता ही है। और हर जगह जहां बात होती है, शादी तो नहीं हो जाती ना। अंबर के चेहरे पर मुस्कान देख पारुल ने राहत की सांस ली।

"आप बिल्कुल कंफर्टेबल रहिए" अंबर बहुत सहजता से बात कर रहा था। पारुल मुस्कुरा उठी।

"अच्छा, कभी दिल्ली आया तो हाय हेलो तो कर सकता हूं ना? या उसमें भी मनाही है?" अंबर ने मजाकिया अंदाज में पूछा।

पारुल हंस पड़ी। "अरे आपका हमेशा स्वागत है" अंबर के जाने के बाद दो दिन तक मां बेटी के बीच बरसाती नाला सा बहता रहा। दोनों में से कोई भी इस जलधारा को पार करने का उपक्रम नहीं कर रहा था। अलग-अलग कमरों में, अपनी अपनी शिकायतों के साथ दोनों बस पड़ी रहतीं।

शादी को लेकर मां के साथ जो रस्साकशी चलती थी उसका फल ऐसा ही कुछ निकलना था, सो निकल गया।

"क्या हुआ डियर? आंटी का फोन आया था, बहुत अपसेट लग रही थीं"

लतिका ने पारुल से पूछा।

"खुद बखेड़ा खड़ा करतीं हैं, और फिर खुद ही अपसेट भी हो जाती हैं।" पारुल ने तमाम बातें लतिका को विस्तार से सुना दी। बस उस दुर्घटना को छोड़कर।

"अरे जब लड़का सुदर्शन था, रिश्ता पहचान में था, तो जल्दी क्या थी मना करने की? थोड़ा देख समझ लीं होतीं।" लतिका को पारुल की जल्दी बाजी गले नहीं उतर रही थी। हार कर पारुल को उस दुर्घटना के बारे में बताना ही पड़ा।

"एक तो मां ने बिना बताए उसे सर पर खड़ा कर दिया, और फिर ऐसा एंबेरेसमेंट! हम दोबारा उसे फेस नहीं कर सकते थे लतिका, वह हंस रहा था हम पर!"

उधर लतिका किस्सा सुनकर लोटपोट हुए जा रही थी।" अरे भाई, माना वह लड़की देखने आया था, पर तुम यह क्या कर बैठीं! ऐसे कौन दिखाता है भाई!"

लतिका पारुल की टांग खींचने में जुट गई। "मारेंगे, बोल रहे हैं लतिका! चुप हो जाओ! कह रहे हैं, पारुल दोबारा उस दृश्य को सोचकर पानी पानी हुए जा रही थी।"

"अच्छा चलो नाम बताओ पूरा। हम भी देखें अंबर है की प्लंबर है।" लतिका को कहानी में रस आने लगा था।

"क्या करोगी?" पारुल ने संदेह से पूछा?

"अरे भाई, स्टॉक करेंगे और क्या!"

"देखो लतिका कुछ उल्टा पुल्टा ना कर देना, अब हम और एंबेरेसमेंट नहीं झेल सकते।" पारुल ने चेतावनी दी।

"अमां! तुम नंबर दो। कुछ नहीं करेंगे।" लतिका छोड़ने वाली नहीं थी।

लतिका को अंबर का व्हाट्सएप नंबर देने के चक्कर में, गलती से पारुल के हाथ से अंबर का वीडियो कॉल का बटन दब गया। हड़बड़ी में कॉल काटने से पहले, पल भर को अंबर का चेहरा दिखा, जो शायद नींद से जगा था। पारुल को काटो तो खून नहीं!! गए थे नमाज़ बख्शवाने रोज़े गले पड़ गए। उसने झटपट फोन बंद कर किनारे रख दिया। कुछ देर बाद देखा तो अंबर का मिस कॉल, और एक मैसेज पड़ा था—"यू वर कॉलिंग?"

"पारुल ने सॉरी बाय मिस्टेक लिख दिया"

"मैं समझ गया था, आंटी कैसी हैं?" एक स्माइली के साथ अंबर ने टाइप किया।

"ठीक हैं, थैंक यू" पारुल ने शिष्टता से उत्तर दिया।

"और रणबीर?" एक विंक के साथ अंबर का मैसेज देखकर पारुल को हंसी आ गई।

"वह भी ठीक है" उसने हंसते हुए टाइप किया। अंबर का हंसने वाला इमोजी आया।

"चलिए आराम से बात करते हैं बाद में, अभी बाहर जा रहा हूं।" अंबर का मैसेज आया।

पारुल ने "जी" लिख कर फोन रख दिया। उफ ये क्या कर दिया उसने! लतिका को चेतावनी दे रही थी, और खुद ही गड़बड़ कर बैठी।

पहली बार पारुल के मन में अंबर को सोशल मीडिया में ढूंढने की अदम्य इच्छा हुई। प्रोफाइल फोटो के अलावा, अंबर की गैलरी ट्रैवल और नेचर की फोटो से भरी पड़ी थी। उसकी तमाम पोस्ट में फिलोसॉफिकल कोट्स और किताबों के उद्धरण, उसके किताबों से प्रगाढ़ संबंधों का रहस्योद्घाटन कर रहे थे।

एक बड़े से पत्थर पर, नदी किनारे, अपने पांयचे और आस्तीन मोड़े बैठे, अंबर के उस फोटो पर पारुल की निगाहें जैसे ठहर गई। हृदय गति बढ़ गई। जैसे कोई चोरी कर रही हो। उसने फौरन फोन बंद कर टेबल पर रख दिया। फिर मन ही मन खुद को धिक्कारा-' यह क्या बचपना है! पहले तो उसकी फोटो देखनी ही क्यों है, और अगर देख भी रहे हैं, तो घबराना क्यों है।

लेकिन यह भी सच था कि पारुल की जिंदगी अब उतनी सपाट नहीं रही थी, जितनी अंबर के आने से पहले थी। शादी की पुरजोर खिलाफत अब अपनी गर्मी खो रही थी। अंबर के चेहरे के सामने तर्कों से शब्द गायब हो रहे थे।

रात सोने से ठीक पहले लतिका का फोन आया।

"यार सुनो, बचपन में एक दिन हम घर वालों से नाराज बैठे थे, उसी दिन कोई गरमा-गरम समोसे ले आया। हम से भी पूछा गया। हम ईगो में आकर मना कर बैठे। कसम से! वह दिन है, और आज का दिन है, जाने कितने समोसे खा-निबटा चुके हैं, लेकिन उस समोसे की याद आज भी दिल में कसक पैदा करती है।

पारुल हंसने लगी। "मुद्दे पर आइए मोहतरमा, कहना क्या चाहती हैं?"

"अमां कहना क्या है! बीतने दो कुछ साल, यह समोसा याद ना आया, तो कहना!" लतिका की बातें पारुल को हंसने पर मजबूर कर देती थीं। पारुल हंस ही रही थी कि देखा मां कमरे में आ रही हैं "लतिका कल बात करते हैं, चलो गुड नाइट" कह कर उसने फोन रख दिया।

"शिल्पी के कुछ फोटो हैं तुम्हारे पास?" आते ही मां ने पूछा।

"शिल्पी के? क्यों?" मामा की लड़की का अचानक जिक्र सुनकर पारुल ने पूछा।

"मौसी ने मंगवाए हैं" मां ने सपाट तरीके से उत्तर दिया।

"क्यों?" प्रश्न सामान्य था। पर मां की झल्लाहट को बे-नक़ाब करने के लिए काफी था।" क्यों का क्या मतलब? तुम तो शादी करने के लिए राजी नहीं हो, घर आया रिश्ता ठुकरा दिया, वह भी बेलिहाज़ी से, अब जो कर रहा है उसका कराएंगे।"

"अच्छा हम भेज देंगे मौसी को ढूंढ कर, आप सो जाओ" कहकर पारुल

ने बहस में विराम लगा दिया। शिल्पी सुंदर थी, और उससे तीन बरस छोटी भी।

पारुल अंबर के बारे में सोचने लगी।

घर में कदम रखते ही पारुल ने देखा मां अपने कमरे में किसी से फोन पर बात कर रही थीं। "तुम्हें क्या लगता है! नहीं समझाया होगा हमने? पर बड़े होकर सुनते हैं यह बच्चे, इन्हें तो हमारा हर फैसला गलत लगता है, हमें बताया तक नहीं क्या कहने जा रही है अंबर को।

पारुल को सारी बात समझ आ गई। तब तक मां भी पारुल की आहट पा चुकी थीं, बोलीं—"पारुल, यहां आओ, मामा जी बात करेंगे।" पारुल ने पर्स रखकर फोन ले लिया।" बेटा शिल्पी बात करना चाहती है तुमसे" उधर से मामा जी ने भी शिल्पी को फोन दे दिया।

"दीदी मैं आपसे ही पूछना चाहती थी, यह जो रिश्ता आया है, आपने क्यों मना किया? पापा मम्मी मुझे अंबर से मिलवाना चाहते हैं, पर मैं आपसे एक बार पूछना चाहती थी, आप ने मना किया, उसका कुछ तो कारण होगा ही ना।

पारुल की आंखों के सामने अंबर का चेहरा घूम गया। और दिल में कुछ दरक गया। उसकी आवाज कानों में गूंजने लगी—'शायद आपको मेरे आने के बारे में पता नहीं था'...' ओह सॉरी सॉरी'...अगर कभी दिल्ली आया तो हेलो तो कर सकता हूं ना'

"हेलो दीदी, शिल्पी की आवाज ने पारुल की विचारों की लडियों को तोड़ दिया।

"शिल्पी, कारण कुछ नहीं था, बस मेंटली प्रीपेयर्ड नहीं हूं, और अरेंज्ड मैरिज का कंसेप्ट समझ नहीं आता मुझे, कैसे किसी को एक बार देखकर ही डिसाइड कर सकते हैं कि—शादी कर लें?" हर बार इस सशक्त तर्क को बोलते हुए पारुल को अपना फैसला सही लगता था। पर आज कुछ था उसके भीतर, जो उसके काबू के बाहर था। वह उसके संपूर्ण वजूद को, उसके तर्कों के खिलाफ भड़का रहा था। उसकी मांस, मज्जा, दिल , आवाज, कुछ भी उसके शब्दों का समर्थन नहीं कर रहे थे।

"ओह! अच्छा और तो कोई कारण नहीं है ना? आई मीन रिगार्डिंग अंबर?" दूसरी तरफ शिल्पी भी शायद पारुल की इस बात को खारिज कर चुकी थी।

"नहीं, और कोई बात नहीं" कहते हुए पारुल को कुछ छूटने का अहसास हो रहा था। ऑफिस से घर आते हुए वह आज फिर लिफ्ट में रणबीर से टकरा गई। पारुल की नजरें लिफ्ट के बदलते नंबरों पर टिक गईं, कब उसका फ्लोर आए और कब वह लिफ्ट से बाहर निकले। लिफ्ट के रुकते ही बाहर लपकने के चक्कर में पारुल का पर्स रणबीर के हाथ से टकराया, और रणबीर का फोन खुली हुई लिफ्ट के दरवाजे के चैनल पर गिर गया। लिफ्ट का दरवाजा बंद होते

ही फोन के टूटने का खतरा था। रणबीर ने दोनों हाथों से दरवाजे को पकड़ रखा था। पारुल ने एक बार अनदेखा कर निकल जाना चाहा, फिर कुछ सोच कर उसने गार्ड को फोन कर तुरंत लिफ्ट बंद करवाई, और अपनी पतली उंगलियों से रणबीर का फंसा फोन निकाल दिया। रणवीर की आंखों में कृतज्ञता थी। पारुल ने उसकी ' थैंक्स ' का जवाब मुस्कुरा कर दिया। आज वह एक नितांत साधारण लड़का लग रहा था। जिससे उसे कोई खतरा नहीं था।

घर पहुंच कर उसने देखा मां मामा जी को शिल्पी की शादी पक्की होने की बधाई दे रही हैं। फोन पर बोलते हुए उनके आंखों की उदासी उससे छुप न सकी।

तकिया में सर टिकाते ही पारुल की आंखों से दो आंसू बरबस ही लुढ़क गए। यही तो वो जिंदगी थी, जिसे पारुल जानती थी, जिसकी वकालत करती थी, जिसमें ना तो कोई हीरो होता है, ना हीरोइन, और ना ही कोई विलेन। हां, कुछ बेढब, अनगढ से दुख-सुख होते हैं, जो जब तब आंखों से छलकते रहते हैं।

खग की भाषा

दिन के लगभग 12:00 बज रहे थे। चार साल की आशी घर के दोमंजिलें की बालकनी में आकर खड़ी हो गई। जंगले से सटी कभी दाएं जाती, तो कभी बाएं। पर आंखें टकटकी लगाए सड़क के मोड़ पर थीं। आशी ने अपने रसगुल्ले जैसे गुलगुले गाल रेलिंग पर टिका दिए। चम-चम करती काली आंखें इंतजार में अधीर हुई जा रही थीं। छोटी-छोटी गुदगुदी उंगलियों में फंसा 50 का नोट फड़फड़ा रहा था।

"आशी रेलिंग से पीछे हटो!"

कहती हुई पूजा भीतर चली गई। आशी मां की ऐसी ताकीदों की आदी थी। उसने कोई ध्यान नहीं दिया, बल्कि गाल छोड़ सीधा मुंह रेलिंग से सटा दिया। और अब तो धीरे-धीरे उसे जीभ से चाट भी रही थी।

आशी की नज़रें मोड पर टिकीं थीं जहां से हर रोज़ एक गुब्बरे वाला आता, और पास के निर्माणधीन बंगले के लिये लाई गई बालू के ढेर में अपना डंडा खोंसकर कभी डुग्डुग़ी बजाता, तो कभी पिपीरी। उसके पास वह सब होता जिसके लिये बच्चे अपने माता पिता के सामने भूलुंठित हो जाया करते हैं। लेकिन आशी का गुब्बरे वाले का इंतज़ार करने का कारण कुछ और ही था।

दरसल कुछ दिनों से गुब्बरे वाले के साथ आशी की हमउम्र एक बच्ची आने लगी थी। यूं तो बच्चों में एक दो साल के अंतर को आसानी से चीन्हाँ जा सकता है, किंतु आशी और उस बच्ची के लालन पालन के अंतर कि वजह से यह काम मुश्किल हो चला था। अत्यधिक पोषण और अत्यधिक कुपोषण ने इन दोनो को एक ही परिवार के दो अलग-अलग प्राणी बना दिया था। जैसे बिल्ली और शेर दोनो एक ही परिवार—फीलाइन से आते हैं, तमाम समान्ताओं के बावजूद उन्की असमानताएं हमें चकित कर देतीं हैं।

गुब्बरे वाले के साथ आने वाली उस लड़की का नाम गिन्नी था। गिन्नी आशी के स्कूल के बच्चों की तरह ना तो रोती थी ना ही चिल्लाती थी। गिन्नी के चेहरे पर पसरी, उम्र से कहीं ज्यादा शांती आशी को बहुत सुहाती थी। गुब्बरे वाले का इंतज़ार आशी के जीवन का केंद्र बन चुका था। खिलोना लेते वक्त दोनो बच्चे एक दूसरे को एकटक देखते। बिना झिझक, बिना मुसकराए, मूक सम्वाद मे विलीन्।

खिलोना लेने के बाद पूजा गेट बन्द कर देती। और आशी वहीं पोर्च में खेलती रहती। गेट के दूसरी तरफ से गिन्नी खेल में शामिल हो लेती।

आशी अपने टाप में लटकते ताने को चबाती, जूतों के बल उचक कर जंगले पर झुकी हुई थी। दोनो ही के लिये मां ने हज़ार बार मना किया था, पर आदत भी तो कोई चीज़ होती है के नहीं। मां को क्या पता जब टेंशन होती है तब पेट पैर और पीठ के निचले हिस्से में कैसा होता है। टाप में लटकते ताने को चबाने से कुछ रहत मिलती औए उचकने से धड़कन काबू में आती थी।

पूजा ने फिर अवाज़ लगाई "नो आशी, उचको नहीं गिर जाओगी

जितना समय गुजर रहा था, आशी की व्यग्रता बढ़ती जा रही थी। वह अपना हाथ में पहना सोने का कंगन रेलिंग पर बजाने लगी।

"नो आशी!"

आवाज सुनकर पूजा आ गई।

"ऐसा नहीं करते, कंगन पिचक जाएगा"

आशी का हर क्रिया-कलाप पूजा और वीरेंद्र के "यस" और "नो" में बंटा हुआ था। इकलौता बच्चा मां बाप का प्रोजेक्ट होता है। कभी-कभी लगता है, यह प्रोजेक्ट नव पेरेंट्स किसी और के लिए नहीं, अपने-अपने माता पिता को दिखाने के लिए तैयार कर रहे होते हैं।

के देख लो! ऐसे पालते हैं बच्चे!!

गर्भ संस्कार और गुड पेरेंटिंग जैसे तमाम ऑडियो वीडियो और किताबें सिर जुड़ा कर देखने-सुनने और पढ़ने के बाद, नवजात माता-पिता को सबसे पहले यह 'रियलाइज' होता है कि उनके साथ घोर अन्याय हुआ है।

कौन सी बात, किस उम्र तक आ जानी चाहिए, इन किताबों में सब लिखा है। लेकिन वीरेन या पूजा के लिए ऐसा कभी किसी ने नहीं सोचा। पूजा हमेशा खाना खाने से पहले आशी से पूछती थी

"आपने हैंड वाश किया?"

वीरेंद्र को याद नहीं पड़ता था कि उसकी मां ने कभी उससे ऐसा पूछा हो। उसके घर में टेबल मैनर्स का कोई कंसेप्ट ही नहीं था। फिर उसे याद आया बहुत समय तक तो वह मां के हाथ से ही खाना खाता था। खेल के आने के बाद, इतना मिट्टी पसीना होता था, कि हाथ मुंह तो धोना ही पड़ता था, लेकिन खाते वक्त मां सीधे अपने हाथ से ही खाना खिला देती। चम्मच से खाने की आदत तो विरेन को थी ही नहीं। लेकिन टेबल मैनर्स तो सिखाने ही चाहिए थे ना!

शिकायत पूजा को भी कम न थी।"

हमारे घर में तो दो कुत्ते, एक बिल्ली, दो गाय, और एक तोता थे।—मां पिताजी ने हम पांचों भाई बहनों को भी उन्हीं की तरह पाला।"

पूजा की आवाज में रूखापन था। "खाना-पीना दे दिया और सुबह शाम अंदर बाहर कर दिया। स्कूल से वापस आकर कोई यह भी नहीं पूछता था कि—हमने क्या पढ़ा। हाई स्कूल इंटर तक तो हम पांचों ने कभी ढंग से पढ़ाई भी नहीं की। जितने भी नंबर आ जाएं कोई नहीं पूछता था। कितनी ही बार तो जीरो भी आ जाता था, फिर भी मां पिताजी को कभी कोई खास फर्क नहीं पडा।"

एक बार जूनियर के जी में आशी का 'बी ग्रेड' आ गया था। पूजा और वीरेन दोनों ही इस 'बी' का कलंक लेने को तैयार नहीं थे। कहां 'ए' भी बिना प्लस के आ जाए तो दोनों चिंतित हो उठेते, और कहां यह बी! तुच्छ ग्रेड का दोष एक दूसरे पर मढ़ते, दोनों के बीच घनघोर लड़ाई हो गई। तभी उन्हें याद आया कि गुड पेरेंटिंग की किताब में बच्चों के सामने लड़ना एकदम निषेध है। तो उन्होंने अपनी लड़ाई को शीत में बदल दिया, जैसा की वे अमूमन करते थे।

अक्सर बच्चों की समझ को कम आंक लिया जाता है। इसलिए पूजा और वीरेन को लगता, हमारे शीत युद्ध को आशी पकड़ नहीं पाएगी। वहीं आशी यह बखूबी समझने लगी थी कि मम्मा पापा उसको लेकर झगड़ा करते हैं, और वह एक अनजान बोझ से दबी रहती।

खिलौना लेते वक्त मम्मा साथ ही रहती थीं। गेट से थोड़ी दूर, मोबाइल पर बतियाते हुए, या सिर्फ खड़ी देखती रहती। वापस आकर आशी कहती "मम्मा 20 रुपए लेकर आशी ही जाती। मामा—पापा के कोई सीक्रेट ट्रेनिंग प्रोग्राम के तहत आशी को यह छूट मिली थी। खिलौना लिवाने के बाद पूजा आशी को अंदर कर गेट बंद कर देती और भीतर चली जाती, आशी वहीं गेट के सीखचों से चिपकी खडी रहती।

गेट के सींखचों से दोनों बच्चे एक दूसरे का गहन अध्ययन करते, जैसे दो चिड़िया एक दूसरे के आसपास चक्कर लगाते हुए सब जान लेती हैं। दोनों मूक संवाद करते। शुरुआत की झिझक धीरे-धीरे कम होने लगी। गुब्बारे वाले की बेटी जब आशी के हाथ में चमकते ब्रेसलेट के फूल को ध्यान से देखती, तो आशी उसकी सुविधा के लिए हाथ कुछ और आगे बढ़ा देती। जब आशी अपने छोटे-छोटे बालों की अपेक्षा, गुब्बारे वाले की बेटी के लंबे बालों को हसरत भरी निगाहों से देखती, तो गेट के पास आकर बच्ची अपनी सलीके से बंधी चोटियां झूलाती। 'खग की भाषा खग ही जाने'।

गुब्बारे वाले की बेटी के गले में काले धागे से लटकते, एक घुटने पर बैठे, गदा लिए, चमचमाते हनुमान जी भी आशी को बहुत लुभाते थे। दादी ने उसे हनुमान जी की कहानियां सुनाई थीं। वह जब जी में आए खूब बड़े हो जाते हैं, और चाहे तो इतने छोटे भी हो सकते हैं—जितना गिन्नी के गले में झूल रहे हैं, "यह वही छोटे वाले हनुमान जी होंगे," आशी ने अनुमान लगाया।

फिर जन्म हुआ गेट के सींखचों के आर-पार से खेले जाने वाले अनोखे खेल का। किसी भी चीज को एक ओर से दूसरी ओर, और वापस, फेंकने में क्या आनंद है, यह हम और आप शायद बड़े होते-होते भूल गए हैं। इस खेल से जन्मी खिल्खिलाहट बनी दोनों के पहले संवाद। खिल्खिलाने से आंखों की चमक बढ़ती है, और संवाद प्रखर होते हैं, और शब्दों की कोई खास जरूरत ही नहीं रहती। दोनों के चेहरों पर एक से भाव। औपचारिक परिचय से जो संबंध अछूते रहते हैं उन्हें शायद औपचारिक विदा की भी आवश्यकता नहीं होती। इसलिए एक डेढ़ घंटा ठहर कर, जब गुब्बारे वाला अपना डंडा उठाता, तो बच्ची दौड़ कर उसके साथ हो लेती। बिना टाटा बाय के उस दिन का खेल संपन्न हो जाता।

वीरेंद्र को आशी का गुब्बारे वाले की बेटी के साथ खेलना बिल्कुल पसंद नहीं था। पसंद तो पूजा को भी नहीं था। "उनका कोई इंटरेक्शन नहीं होता वीरेन, दोनों बस बॉल एक दूसरे को पास करते रहते हैं। गेट तो बंद ही रहता है, मिल भी नहीं सकते, तो क्या हर्ज है? खेलने दो ना। आशी थोड़ी देर इंगेज रहती है तो मेरे दस काम हो जाते हैं। पूजा कह्ती।

"बच्चा बिगड़ जाएगा, और तुमको अपने काम की पड़ी है" वीरेन का स्वर तल्ख हो जाता।

"वीरेन तुमको ऐसा क्यों लगता है, कि सिर्फ तुम ही आशी के बारे में सही डिसीजन ले सकते हो? इविन आई नो अ थिंग और टू" और दोनों लग जाते दो मुहे बाल को बीच से चीरने में।

बात चार साल पहले आशी के जन्म से होती, हुई दोनों पक्षों के रिश्तेदारों की एक से बढ़कर एक जाहिलाना हरकतों को, 'याद दिलाऊ' युद्ध तक पहुंच जाती। फिर भी यह तय करना मुश्किल हो जाता के कौन ज्यादा जाहिल है, और किसे हथियार डाल देना चाहिए।

"पापा मुझे चश्मा चाहिए" आशी ने नाश्ते की टेबल पर वीरेंद्र से कहा। वीरेन ने पूजा की तरफ देखा, और दोनों एक दूसरे को देख कर मुस्कुराने लगे। यह तो वही मोमेंट है जब बच्चे को मनी हैंडलिंग के बारे में सिखाया जा सकता है।

"ऑफ कोर्स! बेटा" तुरंत वीरेंद्र ने 50 रुपए का नोट आशी को थमा दिया।

"आज आप खुद चश्मा खरीदोगे?" आशिक के चेहरे पर खुशी की चमक बढ़ गई उसने मुस्कुराते हुए "हां" में सर हिलाया।

"चश्मा कितने का आता है?" वीरेन ने पूछा। आशी को पता नहीं था। ना ही पूजा को।

"होगा कोई 10-20 का, गुब्बारे वाले के पास हर चीज इतने तक की ही होती है" पूजा ने अनुमान लगाया।

"तो आशु बेटा," वीरेन ने आशी से कहा "अगर चश्मा 20 रुपए का हुआ,

तो आप क्या करोगी?" "मैं 20 रुपए दूंगी" आशी ने जवाब दिया। "वेरी गुड! लेकिन आपके पास तो 50 रुपए है," वीरेंद्र ने सवाल में गणित घुसा दिया। आशी कंफ्यूज हो कर पूजा से बोली "मम्मा आप मुझे 20 रुपए दे देंगे?" दोनों मां-बाप आशी की मासूमियत पर हंस पड़े। यह समय था अपने बच्चे को पैसा, गणित, और अकाउंट का पाठ पढ़ाने का।

वीरेन बोला "बताओ बेटा 20 ज्यादा होता है? या 50?" बहुत कम उम्र में एबीसीडी और नंबर सीख चुकी आशी के लिए यह एक आसान सवाल था।

"पापा फिफ्टी" "वेरी गुड! , तो 50 रुपए में ही 20 रुपए भी हैं। अब आशीष फिर कंफ्यूज थी।

"आप 50 रुपए जब गुब्बारे वाले को देंगी तो वह 20 रुपए लेकर बाकी पैसे आपको वापस कर देगा। आशी अभी भी समझ नहीं पा रही थी। लेकिन उसे इन बातों में ज्यादा दिलचस्पी नहीं थी। उसे इंतजार था तो बस गिन्नी का। लड़की का चेहरा लंबोतरा था। या फिर कुपोषण ने उसके चेहरे में गोलाई नहीं आने दी होगी। कुपोषण दो-तीन बरस के अंतर को छुपा देता है। किन्तू हाव भाव से गिन्नी आशी से ज्यादा सयानी थी, और संतुलित भी।

गिन्नी के सामने ही बालू के ढेर में खोंसे गए झंडे में अनगिनत को खिलाने— गुब्बारे लहराते रहते, लेकिन वह किसी भी चीज के लिए लालायित नहीं दिखती थी।

"आशी पैसे जेब में रखो" रेलिंग से चिपकी चिड़िया सी फुदकती आशी को देखकर पूजा बोली। आशी की कोई प्रतिक्रिया ना पाकर पूजा ने खुद ही हाथ से नोट लेकर आशी की कैपरी में डाल दिया।

डुग्डुगी की आवाज सुन आशी चोकन्नी हो गई। तभी मोड़ पर गुब्बारे वाले का रंग बिरंगा डंडा दिखाई देने लगा। आशी रुकी रही, जब तक उसने पीछे-पीछे आती गिन्नी को नहीं देख लिया।

"मम्मा मम्मा, गुब्बारे वाला आ गया" आशी के पैरों में जैसे स्प्रिंग लग गए। "आशी डोंट रन" पूजा बोली।

लेकिन आशी मम्मा के सब बातों को सीरियसली नहीं लेती थी। वो दौड़ती हुई गेट तक पहुंच गई। लोहे के छ्ह फुटे गेट को खोलना आशी के लिए असंभव था। सो पूजा निश्चिंतता से अपना समय लेते धीरे-धीरे गेट तक पहुंची। तब तक आशी लोहे के डिजाइन वाले गेट के भीतर से गुब्बारे वाले के शुरुआती क्रियाकलापों को देख रही थी। उसके पेट में बुलबुले फूट रहे थे। पास में खड़ी गिन्नी की नजरें भी उसी पर टिकी थीं।

डिजाइनदार गेट से सब कुछ देख पाना तो संभव नहीं था पर छोटी सी आशी अगर सींखचों के पास खड़ी हो जाए तो वह बाहर का नजारा साफ देख सकती थी। और गिन्नी को भी वह दिखाई दे सकती थी। पास आकर पूजा ने आशी को

समझाया "आपको जो भी चाहिए ले लो, और पैसे देकर बाकी पैसे वापस ले आओ" ओके! मैं आपके साथ नहीं आऊंगी, मैं यहीं खड़ी हूं, याद है ना आपके पैसे पॉकेट में है? पूजा ने पूछा। आशी ने "हां" में सिर हिलाया। धीरे-धीरे कदम बढ़ाती हुई आशी गुब्बारे वाले तक पहुंची।

"और बिटिया, क्या चाहिए आपको?" गुब्बारे वाला बोला। एक नजर रंग-बिरंगे खिलौनों की तरफ डालकर, आशी गिन्नी को देखने लगी। पूजा गेट के पास खड़ी आशी की निगरानी कर रही थी।

"बोलो बिटिया क्या चाहिए ?" गुब्बारे वाला अपने रेगुलर कस्टमर को अकेले खरीदारी करते देख खेल में शामिल हो गया। आशी ने वापस खिलौनों पर नजर डाली एकाएक हवा से फुलाने वाली बॉल में मन अटक गया। उसने तत्काल चश्मा कैंसिल कर बॉल की तरफ इशारा किया, और मम्मा के सिखाए वाक्य को दोहराया "वह बॉल कितने की है?"

गुब्बरे वाला मुस्कुराया "बीस रुपए की बिटिया"

आशी ने जेब से 50 रुपए का नोट निकालकर गुब्बारे वाले को थमा दिया। गुब्बारे वाले ने बाल उतार कर आशी को पकड़ा दी। जब आशी जाने को मुडी, गुब्बारे वाला बोला "रुको बिटिया, बाकी पैसे तो लेते जाओ" और 10-10 के तीन नोट आशी को थमा दिये। आशी नोट ले कर पूजा के पास पहुंच गई। चश्मे की जगह बाल देख कर पूजा बोली—

"अपने माइंड चेंज कर दिया?" पूजा हंस रही थी।

आज वीरेन को बताएगी यह ट्रेट बच्चे की इंडिपेंडेंट थिंकिंग को बूस्ट करता है। पूजा को आशी का यह कदम क्रांतिकारी, तथा कैरक्टर बिल्डिंग के लिए अत्यंत महत्वपूर्ण लग रहा था। वीरेन और वह इस तरह के डिस्कशन में बड़ा आनंद पाते थे। जैसे कोई अपने लगाए पौधे को नर्सरी में बढ़ता देख रहा हो, जिसमें उसने आम पौधों से अलग ग्राफ्टिंग, कटिंग, और जेनेटिक इंजीनियरिंग कर छोडी हो, और अब रिजल्ट के इंतजार में बारीक से बारीक बदलाव दर्ज कर रहे हैं।

पूजा अंदर जा चुकी थी। आशी ने हाथ में पकड़ी नई नवेली बॉल गेट से उछाल कर बाहर फेंक दी। यह संकेत था गिन्नी को खेलने के लिए बुलाने का। गिन्नी ने बाल उठाकर वापस आशी के पाले में डाल दी। पास ही कबूतरों का बड़ा सा झुंड, किसी के डाले हुए दाने चुग रहा था। हर रोज की तरह गिन्नी खेल के बीच में दौड़ती हुई कबूतरों के झुंड के बीच पहुंच गई, कबूतर फड़फडाते हुए उड़ गए, और हवा में एक चक्कर मार कर वापस उसी जगह दाना चुगने बैठ गए।

गेट के इस पार आशी खिल्खिला रही थी। गिन्नी वापस गेट के पास आ कर आशी से सटकर बैठ गई। लग रहा था जैसे झुंड से अलग होकर दो कबूतर गुटर-गूं कर रहे हों। आशी ने गिन्नी के गले से लट्के छोटे से हनुमान जी को छूना

चाहा। कुछ सोचकर गिन्नी ने गले से धागा उतारा और आशी के हाथ में रख दिया।

"पहन ले," गिन्नी बोली।

"चलो," पूजा आशी को ज्यादा देर बाहर नहीं रहने देना चाहती थी, क्योंकि वीरेन घर पर ही था, और आशी का गिन्नी के साथ खेलना लड़ाई का कारण बन सकता था।

"मम्मा थोड़ी देर और" आशी मचलने लगी

"नहीं' अब चलो, बाल कहां हैं आपकी? पूजा ने पूछा। आशि ने किनारे पड़ी बाल की तरफ इशारा किया। "ठीक है, चलो अब, यह क्या है? पूजा आशी के गले में पड़े हनुमान जी वाले लॉकेट को देख कर चौंकी।

"उसने दीया" आशी ने गिन्नी की तरफ इशारा किया, जो घबराई हुई चिड़िया की तरह दूर जा खड़ी हुई थी।

"यह क्यों दिया उसने?" पूजा की आवाज तेज हो गई। "आप ने मांगा?"

"नहीं," आशी मां की तीखी प्रतिक्रिया से घबरा गई। गिन्नी दौड़ते हुए अपने पिता के पास जाकर खड़ी हो गई।

"तुमने भी कुछ दिया उसको?" पूजा का स्वर लगातार तीखा होता जा रहा था। आशी ने आतंकित होकर "ना" में सर हिलाया। अचानक आशी के हाथ देख कर पूजा चिल्ला पड़ी–"कंगन कहां है आशी?"

आशी अब कोई जवाब देने के काबिल नहीं बची थी। पूजा के चीखने से वह आतंकित हो गई थी। पूजा कभी उसके हाथ टटोलती, कभी आसपास नजर दौड़ाती। कुछ ही मिनट में वीरेंद्र भी बाहर आ गया। "क्या हुआ?"

"आशी के हाथ में कंगन नहीं है वीरेन" पूजा चिंतित होते हुए बोली।

"मैंने कहा था कुछ ना कुछ होकर रहेगा, तुम सुनती हो मेरी कभी!" वीरेन पहली आगे की सब बातों को लेकर बड़बड़ाने लगा था।

"वीरेन उस लड़की ने आशी को लॉकेट दिया, जरूर इसके बदले आशी का कंगन लिया होगा, पूछो उससे" पूजा अब पूरी तरह आश्वस्त हो चुकी थी, कंगन आसपास कहीं नहीं था। गुब्बारे वाले के आने के पहले उसने खुद आशी के हाथों में कंगन देखा था।

"बेटा आपने दिया कंगन उसे?" वीरेन ने आशीष से पूछा। बार-बार पूछे जाने से आशी भयग्रस्त हो उठी। उसकी रोनी सूरत देखकर पूजा के धैर्य का बांध टूट गया। उसने आवाज देकर गुब्बारे वाले को बुलाया। गुब्बारे वाला अपना डंडा छोड़ गेट के पास आ गया। पीछे-पीछे डरती-डरती गिरन्नी भी खड़ी हो गई।

बिना किसी भूमिका के पूजा गुब्बारे वाले पर बरस पडी, "देखो अपने आप कंगन वापस कर दो, वरना मैं पुलिस बुलाऊंगी" एकाएक हुए इस हमले से गुब्बारे वाला हदप्रद था। "क्या हुआ मेम साहब? कौन सा कंगन?

"ज्यादा भोले बनने की कोशिश मत करो," अब बारी विरेन की थी, बच्चों से चोरी करवाते हो! दो चार डंडे पड़ेंगे पुलिस के तो अकल ठिकाने आ जाएगी! यह दो कौड़ी के लॉकेट का लालच देकर तुम्हारी लड़की ने हमारी बेटी का कंगन उतरवा लिया" कह कर पूजा ने लॉकेट गुब्बारे वाले के सामने फेंका।

गुब्बारे वाले ने लॉकेट उठाते हुए कहा "यह तो हमारी बिटिया का है मैम साहब।"

"हां पहचान गए? अब हमारा सोने का कंगन वापस करो, नहीं तो अभी तलाशी लेता हूं तुम्हारी" वीरेन आवेश में था। "मैंने कहा था तुमसे," वीरेन पूजा पर भड़कने लगा, "मत खेलने दो आशी को इसके साथ, यह लोग चोर होते हैं। खिलौने बेचना तो बस बहाना है, यह लोग ऐसे ही किसी मौके की तलाश में रहते हैं। लेकिन तुम अपने रिलैक्सेशन की सोच रही थीं, अब भुगतो!

अपने ऊपर आरोप लगता देख पूजा तिलमिला गई। और पीछे खड़ी गिन्नी के ऊपर झपटी "बता कहां रखा तूने कंगन? चोर कहीं की!!"

गुब्बारे वाले ने गिन्नी को बाहों में छुपा लिया। "ये ऐसी नही है" साब, फिर भी मैं पूछ्ता हुं, किसी की चीज नहीं लेती, बोल बिटिया लिया तूने?"

गिन्नी आतंक से सराबोर थी। उससे कुछ कहते नहीं बन रहा था।

पूजा गुब्बारे वाले की गोद से गिननी को खींच रही थी। "इधर आ, अभी निकालती हूं कंगन," गिननी रोने लगी।

हल्ला गुल्ला सुनकर आसपास के बंगले से कुछ लोग झांकने लगे। देखते ही देखते वहां लोगों की भीड़ जमने लगी। "क्या हुआ वीरेन जी?" कार्यवाही रोक कर पूजा और वीरेन पड़ोसियों को हालात का ब्यौरा देने लगे। गुब्बारा वाला अपनी बेटी को सीने से चिपका, अनजान भय से कांप रहा था।

"अजी, मैं तो कई दिनों से देख रहा था, यह लोग रेकी करते हैं, और मौका लगते ही हाथ साफ कर लेते हैं। बगल के बंगले वाले कपूर साहब बोले। "अब आप ही बताइए, यहां सब बंगले वाले लोग हैं, कौन खरीदता होगा यह 10-20 के खिलौने?"

वीरेन ने पूजा को देखा "अरे वह तो बस यूं ही, बच्चे की खुशी के लिए।"

कपूर साहब ने वीरेन का वाक्य पूरा नहीं होने दिया। "देख लिया ना आपने? नतीजा! मैं तो पहले ही इसके यहां खिलौने बेचने के पक्ष में नहीं था।"

कपूर साहब ने हाल में ही आसपास के सभी दरजी, प्रेस वाले, सब्जी वालों की कच्ची दुकानें हटवाईं थीं। यह गुब्बारे वाला घंटे 2 घंटे के लिए आता था, इसलिए उनकी नजरों से शायद बच गया था।

कपूर साहब पूजा की तरह मुखातिब हुए "भाभी जी, आप तो इतनी समझदार हैं, ऐसी गलती कैसे कर दी आपने? शुक्र मनाइए सिर्फ कंगन गया है, आपकी बेटी

सकुशल है" पूजा के बदन में झुर्झुरी दौड़ गई। आशी को खुद से चिपका उसने विरेंद्र से कहा, "वीरेन, पुलिस को फोन करो।"

तब तक एक आदमी गुब्बारे वाले को धमका रहा था। "देख दे दे कंगन, बता दे कहां है, पुलिस ऐसे नहीं पूछती है, बचना चाहता है तो बता दे, तुझे जाने देंगे हम। लेकिन गुब्बारे वाला एक ही बात में अडा था, मेरी बेटी ने नहीं लिया हुजूर, मुझे सचमुच नहीं पता कंगन कहां है।" उसके अपराध ना कबूलने से भीड़ का गुस्सा बढ़ता जा रहा था। 1-2 ने उसे पकड़ कर तलाशी भी लेने की कोशिश की। तभी कोई बोला "अरे ऐसे थोड़े ही मिलेगा, यह बड़े शातिर होते हैं, बालू में कहीं छुपा दिया होगा, बाद में निकालेगा आराम से।"

कुछ लोगों ने आसपास देखना भी शुरू कर दिया। तभी गेट पर पुलिस की जीप रुकी। घटना सुनकर इंस्पेक्टर बोला "आप को साथ में थाने आने पड़ेगा वीरेन जी।" गुब्बारे वाले और उसकी बेटी के साथ जीप रवाना हो गई। वीरेन अपनी कार से थाने की ओर निकल पड़ा। सब लोग अपने अपने घर चले गए। 'कोई काम हो तो बताइएगा' का स्टैंडर्ड वाक्य चिपका कर।

आशी को टीवी के सामने खाना देकर पूजा बेसब्री से वीरेन के लौटने का इंतजार करने लगी।

पूरे दिन की रेलम पेल के बाद वीरेन और पूजा संभावित अनिषटों से खुद के बच जाने का शुक्र कर रहे थे।

"पापा चोर कैसे होते हैं?

आशी का सवाल जितना सीधा था, उतना ही मुश्किल भी। लेकिन पेरेंटिंग की किताब में लिखा है, कि बच्चे के किसी भी सवाल को टालना नहीं चाहिए। जितना हो सके बच्चे की जिज्ञासा को शांत करने की कोशिश करनी चाहिए। वीरेन ऐसा उत्तर खोजने लगा, जिससे आशी भविष्य में भी खुद को सुरक्षित रखे।

"बेटा वो लोग 'पुअर' होते हैं। उनके पास अच्छे कपड़े नहीं होते, और वे लोग 'ड्रटी क्लोथ' पहनते हैं, उनकी 'स्किन' भी 'ब्लैक' होती है।

"पापा वो चोरी क्यों करते हैं?" आशी ने फिर पूछा।

"उनके पास 'गुड थिंग्स' नहीं होते ना, इसलिए।"

"आशी कपड़े बदलो, पूजा ने आशी को रात के कपड़े पहना दिए। जब वह उतारे हुए कपड़ों को तह लगाने लगी, सोने का कंगन केप्री की जेब से निकलकर जमीन में गिर पड़ा।

शायद जेब से पैसा निकालते वक्त हाथ से उतरकर फंस गया हो।

वीरेन और पूजा के चेहरे पीले पड़ गए। बात इतनी आगे बढ़ चुकी थी कि अपनी गलती मान लेने से बड़ा फजीता होने की संभावना थी। उन्हें पता था, कि उनके पड़ोसी, जो अभी उनके पक्ष में बोल रहे हैं, कल उनके विरोध में भी दस

बातें बोल सकते हैं।

उन्होंने सबसे पहले आशी को बिठाकर समझाया। "बेटा आप किसी को नहीं बताना कि आपका कंगन मिल गया है, ओके?"

कुछ ना समझने के बावजूद आशी ने "हां" में सर हिला दिया।

"और आज से आप यह कंगन नहीं पहनोगे, ओके?" आशी ने दुखी होकर "हां" कह दिया। "अब आप सो जाओ।"

दूसरे दिन पूजा और वीरेन ने अपनी एफ.आई.आर. वापस लेने की सोची। लेकिन कंगन मिलने की बात ना बताने का फैसला किया। हम कह देंगे कि किसी मजबूरी के कारण गुब्बारे वाले ने ऐसा किया होगा, और हम नहीं चाहते कि उसे कोई सजा हो।

"आशी को थाने नहीं ले जाएंगे वीरेन, उसे पहले मम्मी के घर छोड़ देते हैं" पूजा बोली। वीरेंद्र भी यही चाहता था।

तीनों कार में बैठकर रवाना हुए। सिग्नल पर गाड़ी रुकी हुई थी। चबूतरे पर एक गरीब भिखारी परिवार को देखकर आशी चिल्लाई—

"पापा! देखो चोर!"

पूजा और वीरेन नजरें चुराने लगे। जीवन का यह पाठ जो वह आशी को पढ़ा चुके थे, आज पहली बार चाहते थे, कि आशी उसे याद ना रखे।

अन्नोन नम्बर

इंटरकॉम की आवाज सुनकर बबीता दौड़ के बाहर आई। 'जरूर जिया ही होगी।'

"हां बोल" जिया की चिर परिचित आवाज सुनकर बबीता बोली।

"गए?" जिया ने पूछा।

"हां अभी-अभी" बबीता ने जवाब दिया।

"तो आजा फटाफट" जिया बोली।

"रुक जा जरा" कहकर बबीता ने फोन रख दिया, और चाबी का गुच्छा पकड़कर घर के बाहर निकल गई।

लिफ्ट का वेट करने की आवश्यकता नहीं थी। क्योंकि जिया का फ्लैट उसके ऐन नीचे वाला ही था। एक सीढ़ी उतरते ही बबीता खुले दरवाजे से भीतर चली गई, और सीधे ड्राइंग रूम की बालकनी में रखी कुर्सी पर बैठ गई। वहीं बैठे बैठे उसने जिया को आवाज लगाई—

"आ गई मैं।"

"हां हां एक मिनट आ रही हूं" जिया किचन से बोली। दो चाय के कप हाथ में लेकर जिया भी बालकनी में आ बैठी।

"क्या हुआ बता तो?" बबीता की आवाज में किसी परीक्षा के रिजल्ट जानने जैसी जिज्ञासा थी।

"अरे कल जमके चिल्लम चिल्ली हुई" जिया हंसी और उत्तेजना संभाल नहीं पा रही थी।

हैं!! आंखें फैलाती हुई बबीता जिया के पास खिसक आई "और बता।"

"बेचारे दुबे जी तो कुछ बोल ही नहीं पा रहे थे, अनिला ने तांडव मचा दिया तांडव।"

दोनों सहेलियां एक दूसरे पर गिर-गिर कर हंस रही थीं।

अनिला और प्रभात दुबे जिया के सामने वाले फ्लैट में रहते थे। उनका फ्लैट पूल फेसिंग था। यानी घर की सारी बालकनियां और खिड़कियां कॉलोनी के भीतर की तरफ खुलती थी। जिया के फ्लैट की बालकनी से मेन गेट और सड़क दिखाई देती थी। स्वभाव के अनुकूल फ्लैट पाकर जिया खुश थी।

"सुनसानी में तो मैं मर ही जाती रे, यहां बैठ कर कम से कम आते जाते लोग तो दिखते हैं।"

वैसे पूल फेसिंग फ्लैट ना ले पाने की कसक उसे जरूर थी। लेकिन मलय ने साफ कह दिया था, 'अगर पूल फेसिंग फ्लेट चाहिए, तो न्यू कार ड्रॉप करनी पड़ेगी। मैं दोनों अफोर्ड नहीं कर सकता।'

मन मार कर जिया को कार से ही संतोष करना पड़ा। फ्लैट कितना भी अच्छा हो, उसमें बैठकर लोगों के घर तो नहीं जाया जा सकता ना! हैचबैक मैं तो पूरे परिवार की पर्सनालिटी एक साथ क्रश हो जाती है। उसे हर हाल में सीडान चाहिए थी।

बबीता को टेबल पर रखी चाय में कोई इंटरेस्ट नहीं था। "कुछ सुन भी पाई तू? या बस आवाजें?"

"अरे मैं दरवाजे के पास ही मंडरा रही थी "जिया बोली "अनिला एक ही बात बार-बार दोहरा रही थी "तुमने मुझसे झूठ क्यों बोला, तुमने मुझसे झूठ क्यों बोला"

और दोनों सहेलियां हंसी का सेकंड राउंड लगाने लगीं।

"दुबे जी ने लगभग सारे भगवानों के नामों की कसमें खा लीं, फिर भी अनिला सुनने को तैयार ही नहीं थी।"

दोनों एक दूसरे को हाई-फाईव देकर हंस-हंस बेहाल हो गईं।

जिया हमेशा से ही एक चंचल, चटपटी और हंसोड़ लड़की थी। कार्यक्रमों की जान। कॉलेज के जमाने में उसके बिना कोई भी सांस्कृतिक कार्यक्रम अधूरा रहता था। गायन, वादन नृत्य इत्यादि में कला विहीना होने के बावजूद वह हर स्टेज में खड़ी मिलती। कारण था कलाकारों का संकोची होना, और जिया का दुस्साहसी होना। अपनी कला के प्रति संवेदनशील कलाकार जब तक अपनी कला को मांजकर खुद को मानसिक रूप से तैयार कर पाता, जिया उसका मौका छीन धूम धड़ाका करती फारिग हो जाती। उसका दखल गायन वादन और नृत्य तक ही सीमित नहीं था, वह खुद को लेखक के रूप में स्थापित करने के लिए भी लगातार प्रयासरत रहती। फूहड़ लेख, और कहानियां लिख-लिख कर उसने पत्र-पत्रिकाओं को भेजी जरूर, परंतु यहां मामला पेंचीदा हो गया। एक सीमा के बाद व्यक्ति कला को नहीं, बल्कि 'कला' व्यक्ति को आगे ले जाती है।

जिया यह जानती थी कि उसका मान-पान और पहचान तभी तक है जब तक वह ऐसा कुछ करती रहे जो आमतौर पर लोग करने की हिम्मत नहीं करते। कारण चाहे संकोच हो, या नैतिक। दैनिक कार्यों की ऊब मिटाने के लिए लोगों को कुछ मनोरंजन की दरकार तो होती ही है, तो जिया वही मनोरंजन थी। और अगर यह मनोरंजन मुफ्त का हो तो फिर कहना ही क्या। इसी मुफ्त के मनोरंजन की वजह से जिया की जान-पहचान, आस-पड़ोस में बड़ी ख्याति थी।

"अरे भाई जिया कहां है रौनक तो वही करेगी। गजब है भाई वह तो"

अपनी पूछ से गदगद जिया "गजब" की उपाधि को ससम्मान ग्रहण करती, और उसके अभिप्राय तक कभी न जाती। शादी के बाद भी उसके उपद्रवों और खुराफातों मैं कोई कमी नहीं आई। लेकिन नए परिवेश में ख्याति मिलने में समय तो लगता ही है। जहां सभ्य वर्ग उससे बचता, कुछ हल्के, और शैतानी दिमाग, किंतु कम हिम्मती लोग उसे घेरे रहते। उनके उकसाने और अपनी सत्ता की पुनर्स्थापना के चक्कर में जिया नित नए करतबों में लिप्त रहती।

पिछले महीने जब वह अपने मायके से लौटी तो उसने बबीता को एक प्रीपेड सिम के बारे में बताया। जो उसने अपने भाई के दोस्त की दुकान से बिना कागज—पत्तर दिखाए जुगाड़ कर लिया था। जिया की आंखों की चमक से साफ जाहिर था कि उसके दिमाग में कुछ धांसू प्लान चल रहा है।

"क्या करेगी इसका?" बबीता ने पूछा।

"तुझे कॉल कर रही हूं उठा फोन" जिया बोली।

रिंग बजने पर बबीता ने अपने मोबाइल में नजर डाली "अरे इसमें तो कोई नंबर ही नहीं आ रहा।"

"वही तो!!" जिया चहकी "नंबर डिस्प्ले नहीं होगा और सिम भी बिना रजिस्ट्री के मिला है। सोच तो इस से हम क्या-क्या कर सकते हैं!"

जिया की दुस्साहसी, कुटिल मुस्कान से पल भर को बबीता डर गई।

"अरे यह सब मत कर जिया। मुझे तो बड़ा डर लगता है भई!" ...

जिया खड़ी हो गई "भाई हमें तो लाइफ में चाहिए थोड़ा रोमांच, थोड़ा एडवेंचर, थोड़ी मस्ती। हम यूं ही खाते-हगते, खाते-हगते जीवन नहीं जी सकते।"

जिया हमेशा ऐसा कुछ करना और कहना चाहती थी जिससे सुनने वाले अचंभित, आतंकित, रोमांचित या हास्य ग्रस्त हो जाएं। यह उसके लिए एक तरह से महत्वपूर्ण बने रहने का जरिया था।

जिया के कहन से ज्यादा उसके अभिनय पर बबीता हंस हंस बेहाल हो गई।

"देख यह बात सिर्फ तुझे पता है, किसी और को मत बताना "जिया ने एक बार फिर से विशेष मित्र के प्रतिज्ञा पत्र की याद दिलाते हुए बबीता को उसका वायदा याद दिलाया।

बबीता ने सहर्ष हां में सर हिलाया। वैसे भी अपने पति या किसी और से इन बातों का उल्लेख करना, यानी खुद भी आलोचना का निशाना होना।

"सोचा क्या है तूने?" बबीता ने अपने भीतर वही रोमांच महसूस किया जिस के लालच में वह जिया के इर्द-गिर्द मंडराती रहती थी।

"अनिला" जिया ने खिलाड़ियों के से अंदाज में बबीता से कहा।

कुछ समय से अनिला जिया का टारगेट नंबर वन थी। बात दरअसल ऐसे शुरू हुई—करीब तीन महीना पहले एक दिन अनिला ने बातों-बातों में जिया को

बताया कि ऑफिस के काम से प्रभात जापान जा रहा है। और उसको भी अपने साथ ले जा रहा है। एक हफ्ते का वेकेशन डिटेल्स देते हुए अनिला का चेहरा खिला-खिला जा रहा था।

"और चीनू?" जिया ने अनिला को उसके आठ साल के बेटे का स्मरण कराया, जैसे कि जानना चाहती हो कि—'बच्चा याद है या भूल गई??'

"वह मम्मी के पास रह लेगा" अनिला की बेफिक्र मुस्कुराहट जिया को भीतर तक भेद गई।

अनिला का बेटा चीनू और जिया का बेटा अश्मित एक दो साल आगे पीछे होंगे। साथ खेलते, और एक ही स्कूल भी जाते। बस स्टॉप के लिए दोनों पहले ही दौड़ पड़ते। अनिला और जिया पीछे-पीछे कुछ देर बाद देखने पहुंच जातीं के बस में सेफली चढ़ गए कि नहीं।

"बहुत खर्चा होगा ना?" जिया ने नुकसान गिनाने वाले अंदाज में कहा।

"अरे ऑफिस से स्पाउस को ले जाने की परमिशन मिल गई है। वरना अपने खर्चे पर कौन जाएगा? वह भी बच्चे के बिना! टिकट, अकोमेडेशन और फूड सब इंक्लूडेड, वरना मैं थोड़ी ना जाती।" अनिला का उत्साह चेहरे पर लालिमा बिखेर रहा था।

जिया के लिए अब पल भर भी वहां खड़ा रहना मुश्किल हो गया। यह कैसे हुआ? कब हुआ? मलय ने उसे बताया भी नहीं!

मलय और प्रभात दोनों एक ही कंपनी में काम करते थे, एक ही डिपार्टमेंट में। जिया की इच्छा हुई फोन उठाकर पहले मलय की खबर ले। पहली बात तो यह कि इतनी बड़ी बात उसने जिया को क्यों नहीं बताई। अगर इसलिए नहीं बताई कि उसे पता नहीं था, तो क्यों पता नहीं था! और सबसे इंपॉर्टेंट बात की यह आपरचूनिटी उसे क्यों नहीं मिली, प्रभात को क्यों मिली! जबकि दोनों ही सेल्स में थे और एक ही ग्रेड में भी। एक ही पल में जिया को अपना पति नाकारा, कामचोर, बेवकूफ सब लगने लगा।

"अच्छा अब जरा मैं खाना बना लूं" कहते जिया ने अनिला से पल्ला झाड़ा और दोनों ने अपना-अपना दरवाजा बंद कर लिया।

अभी कल ही मैं बबीता को ऑफिस की पार्टी में प्रभात के कारनामे सुना के हंसा रही थी। और उसको यकीन दिला चुकी थी कि चाहे दोनों—मलय और प्रभात एक ही ग्रेड में क्यों ना हों, प्रभात की औकात ऑफिस में दो कौड़ी की भी नहीं।—जिया ने सोचा।

दरअसल प्रभात की ड्रिंकिंग कैपेसिटी जीरो थी। वो एक पैग में ही बहकने लगता था, और उस पर रंगीनियत छा जाती। पीने के बाद कुछ लोग गुम-सुम हो जाते हैं, कुछ लोग उग्र, और कुछ लोग शायराना। तो प्रभात आखिरी वाली जमात

का प्राणी था। पिछली ऑफिस की पार्टी में बॉस की बीवी के जूड़े में लगे गुलाब का फूल देखकर, उसे अपने कॉलेज के जमाने में लिखी कविताएं और शेर याद आ गए। पहली कुछ कविताओं और शेरों पर तो लोगों ने खूब तालियां बजाई और दाद दे देकर प्रभात की खुमारी बढ़ा दी, लेकिन इतने उत्साहवर्धन और खुमारी में अगली कविता सुनाते हुए प्रभात बॉस की बीवी के बालों में घुसकर फूल सूंघने की कोशिश करेगा, यह किसी ने नहीं सोचा था। इतनी चटपटी घटना और उस पर जिया का नाट्य रूपांतरण, बबीता हंस हंस के पागल हो गई थी।

"अब जापान का सुनकर क्या सोचेगी वह?" जिया को चारों ओर काले बादल नजर आने लगे। जिया के दुश्मन बहुत खटाखट बनते थे। या यूं कहें कि उसकी 'हेट लिस्ट' में इजाफा होता रहता था। और इसके लिए योग्यता थी—यदि आप खूबसूरत हैं, धनवान है, आपकी पदोन्नति हुई है, आप वैकेशन पर जाने वाले हैं, या आपने अभी अभी कोई होम थिएटर, अलमारी, कैमरा, घड़ी, कपड़े, या फिर नए जूते ही क्यों न लिया हो, जिया की हेट लिस्ट में आ चुके हैं।

बबीता को अनिला की जापान यात्रा के विषय में खुद ही पता चला, वह भी पूरे तीन दिन बाद।

"तुझे पता है?" बबीता ने अविश्वास से पूछा "हां" जिया ने हां में सर हिलाया।

बबीता समझ गई इस वक्त जिया को खींचना ठीक नहीं। वह उसका ओर—छोर जानने लगी थी, कि किस बात का उस पर कैसा असर होगा। वह तुरंत ही वहां से "चलती हूं, बाद में बात करते हैं" कह कर निकल गई।

उसके तीन दिन बाद अचानक रात को 11:30 बजे बबीता का मोबाइल घनघना उठा। अंधेरे में जगमगाते हुए मोबाइल को उठाकर बबीता ने देखा "जिया!" बबीता के पति भी नींद टूटने से बड़बड़ा रहे थे। "कौन है?"

"जिया" बबीता ने जवाब दिया और बोली "हां जिया? क्या हुआ? इतनी रात को?"

"बबीता-" जिया अपनी हंसी का बांध रोकती हुई बोल रही थी "अनिला का जापान जाना कैंसिल हो गया है" और उसकी खें खें खें खें सुनकर बबीता समझ चुकी थी कि जिया आज रात खुशी से सो नहीं पाएगी।

"वैरो मोडा की स्कर्ट अब चीनू को बस स्टॉप छोड़ते वक्त पहनेगी क्या?" और जिया अपनी चुटकी पर खुद ही निहाल हुई जा रही थी।

कुछ दिनों तक तो 'क्या हुआ जापान क्यों नहीं जा पाए?' पूछ पूछ कर जिया अनिला को टॉर्चर करती रही। अनिला जिया से बचती फिर रही थी। उसे देखते ही दरवाजा बंद बंद कर देती। लेकिन हफ्ते दस दिन तक संताप झेली जिया उसे इतने सस्ते में छोड़ने वाली नहीं थी।

और तब एक अनाथ गुमनाम प्रीपेड सिम कार्ड हाथ आते ही जिया ने सबसे

पहले अनिला पर ही निशाना साधा। मस्ती की मस्ती और बदले का बदला! लेकिन खुशी जब तक दूसरों से बंटे नहीं तब तक दोगुनी नहीं होती। इसलिए उसने बबीता को भी कॉन्फिडेंस में ले रखा था। अपने कारनामों का असर बबीता के विस्फारित नेत्रों में देख उसे एक किक मिलता था।

जिया ने पिछली रात तकरीबन 12:00 बजे अपने अननोन नंबर वाले प्रीपेड सिम से प्रभात को कॉल किया। कमरे की बत्ती जला प्रभात ने फोन उठाया।

"किसका फोन है?" अनिल भी जग गई थी।

"पता नहीं, कोई नंबर डिस्प्ले नहीं है "कहते हुए प्रभात ने फोन रिसीव किया। तभी उसे pre-recorded मैसेज जैसा कोई बिजनेस कॉल सुनाई दिया।

"किसी तरह का कोई ऑफर है" उसने फोन काट दिया "सो जाओ ऐसा ही फालतू कॉल है" कहकर प्रभात ने लाइट ऑफ कर दी।

जिया जानती थी कि अनिला अब उठ चुकी होगी, और दूसरी बार कॉल करने पर वह खुद ही उठाएगी। जिया ने दूसरी बार कॉल किया और बोली "तुम तो कह रहे थे 12:00 बजे तक तुम्हारी वाइफ सो जाती है, फिर क्यों नहीं ले रहे हो फोन?" और अनिला के "हेलो" कहते ही फोन काट दिया।

अब अंधेरे में कॉलोनी के पार्क में बैठी दोनों—जिया और बबीता, गले लग कर हंस रही थीं। अब बारी थी फोन कॉल का असर देखने की। तो जिया ने झट मोबाइल स्विच ऑफ किया और अपने फ्लोर की तरफ बढ़ गई। बबीता भी "चल कल मिलते हैं, बाकी बातें बताना" कहती अपने घर की तरफ चल पड़ी। जिया अपने और अनिला के घर के बीच की जगह में चहल कदमी करती हुई युद्ध के मज़े लेने लगी।

आज चाय के साथ दोनों सहेलियां अपनी शैतानियां के किस्से दोहरा रही थीं। तभी बबीता की नजर नीचे सड़क पर खड़ी प्रभात की कार पर पड़ी।

"देख तो कार का विंडो ठीक से बंद नहीं है, बता दें क्या अनिला को?" बबीता बोली।

कुछ देर सोचने के बाद जिया का खुराफाती दिमाग टिमटिमाने लगा।

"तू रहेगी बुद्धू की बुद्धू।" बबीता जिया से अक्सर ऐसे अपमान सहन कर लेती थी। क्योंकि इसके बदले एक तो नीरस की जगह मसालेदार जीवन मिलता, और दूसरा जिया के कोप से निजात। क्योंकि उसे मालूम था, अपने गेंग को कोई नुकसान नहीं पहुंचाता।

"अभी देख तमाशा" कहती वो अंदर गई और एक रुमाल और लिपस्टिक का ढक्कन उठा लाई।

"तू यहीं बैठ कर देखते रहियो मैं जरा आई "। और जिया नीचे जाकर सुगंधित रुमाल और लिपस्टिक का ढक्कन प्रभात की कार की अगली पैसेंजर सीट

पर खिसका आई। अब इंतजार था तो बस अनिला का, इनके द्वारा 'प्लांटेड ट्रेजर को हंट करने का।'

देर शाम प्रभात और अनिला कार लेकर निकले और पंद्रह मिनट बाद ही वापस आ गए। जिया को अपनी कामयाबी का पूरा विश्वास था। और उसे जल्द ही मन मुताबिक रिजल्ट भी मिल गए। तब से लगभग रोज ही प्रभात और अनिला के लड़ने की आवाजें आ रही थीं। जिया ने बबीता के कान में फुसफुसाते हुए कहा "आजकल टिफिन भी नहीं दिया जाता, पता नहीं चाय भी मिलती है कि नहीं घर में।" और दोनों खुद के इजाद किए हुए रियल लाइफ ड्रामा का मजा लेतीं।

पिछले कुछ दिनों से अनिला चीनू को बस स्टॉप पर ड्राप करने नहीं आ रही थी। जिया ने सोचा अगर आज भी अनिला नहीं आई, तो वह बबीता के साथ उसके हाल चाल पूछने के बहाने उसके घर जाएगी। अनिला क्या कहेगी, और बबीता और वह, सब कुछ जानते समझते उसके ना आने के बहनों में सहानुभूति की मुहर लगाएंगे, सोचने से ही जिया को रोमांच हो आया।

बस स्टॉप पर पहुंचकर जिया ने देखा, अश्मित के साथ चीनू खड़ा है। अनिला का कहीं पता नहीं था। उसने सोचा वापस लौटते हुए वह बबीता को फोन करके बुला लेगी फिर दोनों साथ ही अनिला के घर जाएंगे। लेकिन तभी दूर से अनिला को आता देख जिया निराशा से भर गई। हालचाल पूछने का इतना अच्छा मौका निकल गया हाथ से। जिया को देख अनिला भी असहज थी। उड़ी-उड़ी सी, पीला चेहरा। वह उससे नजरें मिलाने से भी बच रही थी। जिया को तरस और व्यंग के कॉकटेल का मजा आ रहा था। अनिला को जिया से अंतरंग ना होने और उसके व्हाट्सएप ग्रुप में रुचि ना लेने का खामियाजा तो भुगतना ही पड़ेगा।

"अरे तुम कहां थीं इतने दिनों से?" जिया ने अनिला से नाटकीय अंदाज में पूछा "कमजोर सी लग रही हो "तबीयत ठीक नहीं थी क्या?"

अनिला "हां, थोड़ी" कह कर चुप हो गई।

"मैंने चीनू से भी पूछा" जिया टॉपिक खींचने के मूड में थी।" उसने कहा मम्मा को कुछ काम था, तबीयत का पता होता तो मैं ही आ जाती, क्या हुआ? बताओ तो?"

जिया अनिला की असहजता को कुरेद कर बढ़ा रही थी। "अगर कुछ इंपॉर्टेंट...कुछ हेल्प..."

अनिला जिया की बात बीच में ही काटती हुई बोली "जिया मुझे तुमसे कुछ बात करनी है" जिया के भीतर सहसा रोमांच का एक गुब्बारा फूटा।

"हां! हां! बोलो" तभी बस आ गई। दोनों बच्चे बस में बैठ बाय करके चले गए। "यहां नहीं, चलो घर चलते हैं "अनिला ने धीरे से कहा। जिया का मन हुआ फॉरन बबीता को बुला ले। लेकिन अनिला के सामने यह संभव नहीं था, और हो

सकता है बबीता के आ जाने से अनिला कुछ बोले ही नहीं। कोई बात नहीं, बबीता के साथ बातों की चटपटी चाट बाद में बना ली जाएगी, पहले अनिला की दर्द भरी दास्तान तो सुन ली जाए!

जिया थ्रिल छुपाती हुई अनिला के साथ उसके घर पहुंची। सोफे पर आमने सामने बैठे दोनों बातों का सिरा खोज रही थीं।

"जिया कुछ दिन पहले प्रभात से मेरी बहुत खराब लड़ाई हुई" पहले आनिला ने ही बात शुरू करी। जिया दम साधे सुन रही थी।

"अच्छा! क्यों?" जिया अनजान बनती बोली।

"कुछ दिन से कोई लड़की इनको रात बे-रात फोन कर रही थी, और कुछ लेडीज़ का सामान भी मुझे इनकी कार से मिला, जो कि मेरा नहीं था।"

"ओह!" कह कर जिया चुप हो गई। अनिला की साफ बयानी से उसे कुछ कुछ डर भी लगने लगा था, "कहीं इसे पता तो नहीं चल गया" जिया ने मन में सोचा!!

"मुझे शक था कि प्रभात का कोई अफेयर चल रहा है, लेकिन प्रभात बिल्कुल नहीं मान रहे थे। जब लड़ाई बढ़ने लगी तो एक दिन यह ऑफिस से सर्वेश को साथ ले आए, तुम भी तो जानती हो ना सर्वेश को?" अनिला ने पूछा।

जिया ने हां में सर हिलाया।

"सर्वेश ने मुझसे कहा कि प्रभात का कोई अफेयर नहीं है, लेकिन उन्हें शक है कोई जानबूझकर हमें परेशान करने के लिए यह सब हरकतें कर रहा है।" जिया की घिग्घी बंध गई। अगर अनिला आरोप लगाती है तो उसे क्या करना चाहिए, यह तो उसने सोचा ही नहीं था।

"क्या कहा सर्वेश ने? कौन कर रहा है यह सब? जिया ने आशंकित होकर पूछा। कुछ देर चुप रहने के बाद अनिला बोली

"नूपुर रस्तोगी"

जिया नूपुर को जानती थी सांवली, छरहरी, तेज-तर्रार सी लड़की, जो हमेशा लेटेस्ट फैशन के कपड़े पहनती थी। उस ने राहत की सांस ली।

"पर क्यों? वह क्यों कर रही है ऐसा?" जिया ने पूछा।

अनिला अपनी उंगलियों से खेल रही थी जैसे कोई पहेली सुलझा रही हो

"जिया सारे ऑफिस को पता है, लेकिन तुमसे शायद कभी कोई ना कहे, मैं भी नहीं कहती अगर मुझे पता नहीं होता की यह दर्द क्या होता है। मलय भैया और नूपुर का...काफी समय से...।" अनिला की आवाज में कंपन था।

जिया को अनिला की बात समझने के लिए अपने दिमाग को वापस रिटर्न करना पड़ा।

"क्या? क्या कहा तुमने?"

अनिला ने पास आकर जिया का हाथ पकड़ लिया। "देखो जिया मुझे गलत

मत समझना, मैं जानती हूं कैसा लगता है जब घर टूटते हैं। कोई भी दूसरों के पचड़े में नहीं पड़ता, इसलिए तुम तक कभी बात नहीं पहुंची। एक दिन प्रभात ने मलय भैया को समझाने के लिहाज से कुछ इशारा भर किया था, शायद इसी से चिढ़कर नूपुर...पता नहीं...मैं श्योर तो नहीं हूं, लेकिन यह जरूर चाहती हूं कि मलय भैया ऐसी बेवकूफी छोड़ दें। अस्मित का सोचती हूं तो मुझे और बुरा लगता है। वह तो मेरे चीनू जैसा ही है। अगर तुम ठीक समझो तो मैं और प्रभात भी आ जाएंगे भैया को समझाने। तुम अपने को अकेला मत समझना।" अनिला जिया के धक्के को कम करने के लिए लगातार बोले जा रही थी।

जिया के दिमाग में भूचाल आया हुआ था। बबीता पूछती रहती थी..."और मलय भैया ने क्या बोला।"

"अरे इनको तो मैं कुछ बताती ही नहीं, इनको कोई इंटरेस्ट ही नहीं है" जिया को अपनी आवाज़ सुनाई दे रही थी।

अनिला कुछ बोल रही थी, लेकिन जिया को अनेक ऐसी बातें याद आ रही थीं जब उसने बबीता से कहा था "अरे मलय कुछ नहीं पूछेंगे कहां गई, उन्हें कोई इंटरेस्ट ही नहीं है।" "मलय ने सुनकर भी कुछ नहीं कहा, इन्हें कोई इंटरेस्ट ही नहीं है।"

"इन्हें कोई इंटरेस्ट ही नहीं है"

सामने रखा पानी का ग्लास धीरे-धीरे धुंधला होता जा रहा था। जिया की आंखें डबडबा गईं। लेकिन उसके ठंडे हाथों में इतनी भी जान नहीं बची थी कि वह उन्हें उठाकर अपने आंसू पोंछ सके।

परिचय

हमारा मकान गली में चोथे नंबर पर है। गेट पर संगमरमर की तख्ती पर बाबूजी का नाम घर के नाम के साथ खुदा है "आश्रम।"

पच्चीस छब्बीस मकानों वाला छोटा सा मोहल्ला जहां लगभग हर घर दुमंजिला है, ऊपर की मंजिल में दो तीन कमरे बनवा कर एक बड़ा सा आँगन छोड़ने का रिवाज है। कपड़ों से ले कर बड़ी पापड़ सुखाने तक, अमरूद आम तोड़ने से ले कर पड़ोस की भभियों से बात करने की सहूलियत हो जाती है। अररे नहीं! टेलीफोन कौन करता है, अगर खिड़की पर खड़े हो कर 'रमा भाभी' चिल्लाएंगे तो क्या वो बाहर नहीं आयेगी?

घर में बस माँ-बाबूजी, दीदी, मैं और नीटू हैं। दीदी मुझसे तीन साल बड़ी है, और नीटू दो साल छोटा। जी नहीं, माँ बाबूजी लड़के-लड़की का भेद नहीं करते, लेकिन अभी तक बड़े-छोटे में भेदभाव को सामाजिक कुरीतियों के रूप में नहीं देखा जाता इसलिए फायदा हमेशा नीटू को ही होता था। सत्रह वर्ष की होने पर भी मँझली संतान होना एक विडम्बना ही है। ना तो बड़े का सम्मान मिलता है, ना छोटे का लाड़। राज़ की बात बताने को दीदी, और मिठाई बंटते वक़्त नीटू। मैं कोन हूँ...खांमखा।

शालू!! माँ ने पुकारा, जा बेटा तू और नीटू गौरी को कोचिंग तक छोड़ आओ।

आज मैं बिलकुल नहीं जाऊँगी! मैंने तकिया कान पर रख लिया, नीटू चला जाए।

बेटा नीटू छोटा है, माँ बोली। "पान की दुकान के पास आजकल कुछ आवारा लड़के खड़े रहते हैं, तेरे बाबूजी होते घर पे तो वही चले जाते। जा चली जा मेरी बेटी! दीदी को देर हो रही है।"

अनमने ढंग से चप्पल डाल कर मैं उठ खड़ी हुई। दीदी का चंपई रूप मनचलों को ही नहीं घर में आने जाने वाले हर शख्स को आकर्षित करता है।

'बीना तेरी इस लड़की को तो मैं ही ले जाऊँगी' माँ की सहेली गीता मौसी ने कई बार कहा था। 'क्या रूप है! रंग तो तूने दिया ही है इसे, जीजाजी की नाक भी मिली है बच्ची को', शादी ब्याह में जब नाचने को उठती है तो लोग ठगे से

देखते रह जाते हैं।'

हम तीनों घर से निकल कर गली की तरफ बढ़ चले। "ऐ नीटू धीरे चल! गाड़ी आयेगी!" दीदी चिल्लाई।

दुकान के पास लड़कों को देखकर मैंने दीदी से कहा, 'आज कुछ बोलेंगे तो ज़ोर से गाली दे देना कल से नहीं आएंगे।' चुप कर! दीदी धीरे से बोली, नीचे देख और सीधे चल!

मुझे छेड़े जाने का कभी डर नहीं हुआ। पता नहीं क्यूं! पढ़ने में हम तीनों ही अच्छे थे, पर जहां दीदी रखरखाव में सुघड़ थी, मैं उतनी ही लापरवाह। सर में तेल पड़ा है तो पड़ा ही है, कोल्ड क्रीम जैसी चिपचिपी चीजों से भी मैं दूर ही रहती थी। चोटी जो स्कूल जाने पर बनती थी तो दूसरी सुबह स्कूल जाने पर ही वापस खुलती थी।

आज बादल से लगे हैं, माँ अलग अलग सब्जियों और पनीर के पकौड़े बना रही है।

शालू!! लो बुला लिया!" जा थोड़े पकौड़े रमा भाभी को दे आ मेरी बेटी! "हाँ हाँ बेटी तो मैं ही हूँ बाकी दो तो भगवान हैं आपके!" प्लेट ले के बिना बाल बांधे मैं रमा भाभी के घर चल पड़ी।

हवा चल रही थी, अभी अभी धुले बाल अजीब ढंग से उड़ कर मुंह से टकरा रहे थे। गरम थाली छोड़कर बाल नहीं संभाले जाएंगे, खैर छोड़ो, उड़ने दो मेरी बाला से!

गेट पर पहुँच कर छत पर नज़र गई, एक बीस इक्कीस साल का गोरा लंबा लड़का छत पर खड़ा सीधे देख रहा था।

आईं ये कोन है? मैं झटपट अंदर चल पड़ी। "लो भाभी, माँ ने पकौड़े भेजे हैं।"

मेरा साधारणत: बेबाक स्वाभाव न जाने कहाँ लुप्त हो गया। यह भी तो नहीं पूछ पाई के—"भाभी वो कोन आए हैं आपके यहाँ?" छत पर खड़ा हंस रहा होगा अभी।

"क्या बहुत बुद्धू लग रही थी मैं?" मेडयूसा की तरह उड़ते बाल, और हाथ मे प्लेट, मैं लगभग भागते हुए वापस घर लौट आई।

'दे आई पकोड़े' माँ ने पूछा।

हाँ! कहते हुए मैं अपने कमरे की तरफ दोड़ पड़ी।

आईने के सामने जैसे ही खड़ी हुई—हे राम! ऐसी लग रही थी मैं! अब तो जरूर हंस रहा होगा। मेरा मन डूबने लगा। मन किया के सब को एक-एक घुसा जड़ दे।

स्कूल बोर्ड का सेंटर बना है इसलिए हमको पढ़ने के लिए छुट्टियाँ मिली हैं। ग्यारहवीं कक्षा भी कोई मामूली नहीं होती तो मैं जी जान से जुट गई। छत पर घूम घूम कर रट्टा लगाना मुझे बहुत भाता था। और फिर हिस्ट्री और सिविक्स कोई

कैसे याद करे? अचानक रमा भाभी की छत पर नज़र गई, मुंडेर से टेक लगा कर वही लड़का गोद मे किताब लिए एकटक उसे ही देख रहा था। देख ही नहीं रहा था मुस्करा भी रहा था। मेरे हाथ पैर सुन्न पड़ गए। देखो तो निर्लज्ज को न जान न पहचान खी खी किए जा रहा है। मैंने झट से मुंडेर की ओट ले ली। उफ़्फ़ इसने तो मेरा घूम घूम कर पढ़ना भी बंद करवा दिया।

अपने जीवन मे आए इस नए झंझावात से मैं बिलकुल ही चक्कर खा गई। दीदी के मेकअप बाक्स में अपने लिए चीजे ढूंढ़ना, कपड़े छँटने में भी समय लगने लगा। ऐसी कोई बात नहीं है हाँ, वो तो मैं उस दृष्ट लड़के की आँखों की मुस्कराहट को प्रसंशा में बदलते देखना चाहती हूँ, के मिस्टर हम सिर्फ बेवकूफ़ ही नहीं लग सकते अगर चाहें तो कईयों से बेहतर हैं हम।

अब तो सुबह शाम उसका छत पर आ कर बैठ जाना, और किताब गोद मे ले कर एकटक हमारे घर की छत पर देखना एक आम दृश्य हो गया था। कभी कभी यूं ही कुछ ढूंडता रहता दिल धक्क से रह जाता। रामा भाभी के इस नवीन सुकुमार ने तो मेरी दुनियाँ ही बदल दी थी। कभी यूं ही टहल आती हूँ छत पर जैसे के पता ही ना हो वो बैठा है और फिर मुदित मन से घर में घूमती हूँ।

मुझमे आए बदलाव को सबने भाँपा। माँ ने चैन की सांस ली, 'चलो शऊर सीख रही है लड़की।' कितनी अच्छी लगती है बन संवर कर।'

अब दीदी की तरह मुझे भी मनचलों से खतरा होने लगा है। एकाएक सब मुझे भी देखने लगे हैं। लेकिन मैं तो बस उनहीं आँखों में प्रशंसा देखना चाहती हूँ जिन्होंने सबसे पहले मुझे अपनी उदासीनता का आभास दिलाया था।

परीक्षाओं की वजह से अब माँ मुझसे कोई काम नहीं कहती, मुहल्ला सूना पड़ा है, बच्चे खेलने नहीं आते, यहाँ तक के बड़े भी एक दूसरे के घर नहीं जा रहे, बच्चों की पढ़ाई मैं खलल पड़ता है ना। आखिरकार परीक्षाएँ खत्म हुई और मुहल्ले मे रॉनक वापस आने लगी।

आज माँ फिर पकोड़े बना रही है। "शालू!!" "हाँ माँ," 'जा थोड़े पकॉड़े रमा भाभी को दे आ मेरी बेटी!" मैं कुछ नहीं बोली, प्लेट ले के आईने के सामने आ खड़ी हुई। खुद को देखा और झेंप कर भाभी के घर की तरफ चल पड़ी।

रसोई में रमा भाभी ने पूछा 'शालू कैसे हुए तेरे एग्जाम'?

"अच्छे हुए," कहते हुए मैं सामने के कमरे मैं पलंग पे लेटे हुए उस ढीठ को देख रही थी, जो कान मे वॉकमैन लगाए मजे से गाना सुन रहा था। गुस्सा तो इतना आ रहा था के पूछो मत, आज कितना तैयार हो के आई हूँ, एक बार गरदन तक नहीं घुमाई! इतनी अकड़!

"भाभी वो कोन हैं? कमरे मैं गाना सुन रहे हैं?" शुक्र है मेरी आवाज़ की शिकायत को भाभी भाँप नहीं पाई।

"अररे वो मेरे भाई का बेटा है, अमित।"

"हम्म...पढ़ने का बहुत शौक लगता है इन्हें, रोज़ छत पे देखती हूँ।" अपनी वाणी मैं आए व्यंग और शिकायत के स्वरों को मैं खुद भी समझ नहीं पा रही थी। आखिर ये गुस्सा किसलिए? किस अधिकार से उस अपरिचित का समुचित ध्यान अपने लिए चाहती थी मैं?

"हाँ रे! पढ़ने का ही नहीं, लिखने का भी बहुत शॉक है अमित को। ये देख तेरे भय्या आज ही उसके लिए लिखने पढ़ने का समान लाए हैं।" भाभी की आवाज मे उदासी थी।

मैंने पलट के देखा, भाभी हाथ में सफ़ेद कागजों का पुलिंदा, और एक काली सी छोटे—छोटे छेदों वाली स्लेट हाथ में लिए खड़ी थी।

ब्रेल!!! मेरी सांस की नली मे जैसे वेकयुम आ गया, शरीर का सारा खून उल्टा दोड़ने लगा, एकाएक सारे दृश्य वापस रील की तरह घूमने लगे।

शून्य को भेदती नज़रें,

छत पर बैठा एक लड़का,

उसकी गोद मे रखी किताब, जिसके उभरे बिन्दुओं को टटोल रही थी उसकी उँगलियाँ,

क्यूँ नहीं दिखीं मुझे,

और वो मुस्कराहट!

बिना संकोच सीधे देखती बड़ी बड़ी आँखें और उनका खुद पर प्रभाव!

भाभी लगातार बोलते जा रही थी, पर क्या पूरा सुना भी था मैंने?

"इतना दुख होता है शालू बहुत मेधावी बच्चा है अमित, मेहनत करता है, किस्मत के छल को बर्दाश्त कर के पढना-लिखना जारी रखे है।"

अचानक सारी आवाजें किसी खोह से आती हुईं सी लगीं, मेरी आँखों से टप टप आँसू गिर रहे थे, आभास होते ही मैं घर की तरफ दोड़ पड़ी। रमा भाभी अवाक खड़ी मुझे जाते हुए देख रही थी। सोच रही होंगी कितनी बदल गई है शालू दूसरों का दर्द भी समझने लगी है।

लेकिन क्या यह दर्द पराया था?

जिसकी नज़रों से मैंने खुद को देखा, उसने तो कभी मुझे देखा ही नहीं।

www.ingramcontent.com/pod-product-compliance
Lightning Source LLC
LaVergne TN
LVHW051105051026
849532LV00004BB/1445
* 9 7 8 9 3 9 0 5 0 0 5 3 6 *